それを愛とは呼ばず

桜木紫乃

幻冬舎

それを愛とは呼ばず

目次

カバーイラストレーション　藤本麻野子
ブックデザイン　鈴木成一デザイン室

1　新潟・亮介

晴れ間を見せたあとの曇り空はひときわ低い。

三月に入ってから一週間が経《た》った。ところどころ青い空を見たのは昨日だけだ。厚い雲に蓋《ふた》をされたままひと冬を過ごすと、春が来そうで来ないこの時期は人との会話も少なくなりがちだった。

伊澤亮介《いざわりょうすけ》は遅い朝食を終えた食卓の後片付けを済ませ、妻の章子《あきこ》が広げっぱなしにしてある新潟日報《にっぽう》を畳んだ。手洗いから戻った章子が、食卓の上に放ったままの老眼鏡をケースに仕舞う。今日六十四歳の誕生日を迎えた章子に「今夜は外食にしますよ」と声をかけた。

「亮ちゃんと、また十歳離れちゃうのねぇ」

先月五十四になった亮介と、期間わずかの九つ違いを喜んでいたような口ぶりだ。結婚してからの十年、毎年同じ会話を繰り返している。年の違いを始終話題にできるほど達観しているのか、自分が口に出していれば陰口も薄いと判断してのことか。

亮介は勤めていたホテルが火災に遭《あ》い職をなくしたあと、故郷の新潟へと戻ってきた。東京にはそれまでの収入を維持できるような職場も見つけられなかったし、少しは物価が安いと思ってのことだった。大学を卒業してからずっとホテルマンとして働いてきた経歴が、当時新潟で駅前ホテルの買収に成功した女社長の目にとまった。しかしすぐに支配人の職にありつけると思った亮介を待っていたのは「ホストクラブの店長」というポストだった。

「うちの若い子たちに、本当の礼儀作法を教えてやってほしいのよ。ホストとしてものになる子は、女で失敗さえしなけりゃたいがいのことはこなせるの。身の丈に合わない欲を搔《か》かない、夜の世界に内臓まで染まらない、仕事熱心な子を見つけてほしいんです」

後継者ができたあとはホテルのほうへ移ってもらうから、と章子は言った。そして採用されて一年経ったころ「あなたのこと、好きになりました」と打ち明けられた。

——好きとは、どういう意味でしょうか。

——言葉どおりです。男性として、好き。いけませんか。

——うまい言葉は浮かびませんが、光栄です。

章子の経営能力に、男女の別なく惚《ほ》れていたことは確かだ。気持ちを打ち明けられて、戸惑いがなかったといえば嘘になる。十歳年上の女性経営者。雇い主だ。章子はその場で、亮介の心を見透かすように笑って言った。

——正直、結婚したい。伊澤章子の最後の男として、そばにいてほしいと思ってる。

──わたしは、四十過ぎまで結婚しそびれた男です。

──断ったからといって、あなたが明日から仕事を失うなんてことはないから安心して。

ただ、顔を合わせたときにちょっと切なくなる。それは仕方ないわ。さんざん年を取ってからの恋だし。

恋、という言葉が亮介の心を鷲摑《わしづか》みにしたのだった。十歳の年齢差が吹き飛ぶほどに、新鮮な響きがあった。恋ならば、仕方ないではないか。摑まれた心は急速に章子へと傾いていった。事実婚でも構わないと思っていても、それを言えばどこかで章了を傷つけてしまいそうだった。

「会社のために伊澤の姓を名乗ってほしい」というプロポーズは、彼女らしい気持ちの伝え方だ。責任、という言葉の好きなひとだった。

配置換えを待たずに一緒に暮らし始めた。「いざわコーポレーション」に雇われてから二年で入籍し、亮介は副社長の座に着いた。火事太りという陰口も、ホスト上がりという噂話《うわさ》も、ふたりの元に届く前にほどよく淘汰《とうた》されていった。事業が伸びているときというのはそんなものだ。

「今夜の食事、専務にも声をかけましょうか」

「あの子はいいわ。今日はふたりで食事をしましょう。あなたたちが揃《そろ》うと、わたしなりにけっこう気を遣うの」

専務の伊澤慎吾《しんご》は章子のひとり息子だ。章子が亮介と籍を入れた際に一度会社を離れたが、自力で興したレストランをたたんだのを機に、五年前に詫《わ》びを入れた。古町《ふるまち》にある髪結いの家に生まれた章子は、幼いころから体ひとつで稼ぐ女たちを見て育ったという。女手ひとつで子供を育てることが、章子で四代続いていた。

章子がいたずらっぽく目を細め、テラス窓の前に立った。

佐渡島《さどがしま》を望む海側にあるマンションは、このあたりでは一番背の高い建物だ。老齢の夫婦ふたりで暮らすには百二十平米は少々厄介な広さだが、「いざわコーポレーション」の女社長の住まいとしては、納得のセキュリティを備えている。リビングから見る景色は今日も曇天だ。夏場は空と海に映える島影も、この時期はないのと同じだった。

章子は両肩をぐるりと回しながら、降るのか降らないのかはっきりしろと空に文句を言っている。役員会議で見せる獅子《しし》のような気配はなりを潜め、無邪気な横顔だ。

「じゃあ夕方の六時に、『ゴルツィネ』で待ち合わせましょう。僕はそれまで古町のほうを見ておきます」

あそこのシャンパンはおいしいのよ、と章子が喜んでいる。亮介が「しっかり冷やしてもらっていますよ」と応《こた》えると、手を叩《たた》いて喜んだ。

新潟の女傑と呼ばれた伊澤章子が夜の世界でのし上がってこられたのも、ほとんど酒を飲まないでやってきたせいだろう。亮介と結婚してから少し飲むようになったワインも、白の甘いものばかりだ。食事の際はシャンパンが好きだった。

グラス一杯で顔が赤くなることを恥ずかしがる姿は、少女のようだ。酒に頼った商売をする部下を冷静に切り捨てられることも、彼女が女傑と呼ばれる理由だった。

亮ちゃん、と章子が窓辺で手招きをする。亮介は薬書大のバスケットに小袋入りの菓子を入れて、窓辺へと近づいた。手に持ったチョコレートおかきの小袋を章子に差し出す。

「ありがとう。最近はどこでもこの手のお菓子を出してるのね」

小袋を開け、ひとかじりした章子が窓に向かって左側を指さした。亮介は妻が指さした方角に目を凝らす。窓辺にカカオのにおいが漂っている。

「亮ちゃん、あっちのほう、どうかな」

「あっちのほうって、どこですか」

「海のほう。『カーブドッチ』に行く途中の、建物が途切れたあたりからちょっと行ったところに、三千坪の土地が売りに出されてるの」

「またなにか始めたくなったんですか」

「あたり」章子が声を高くする。

「本屋って、どうかしら。本だけじゃなくて、音楽と映画と食事と文房具を並列にして、駐車場もいっぱい取って、ここから先は海っていう場所に夜中まで煌々《こうこう》と明かりをつけておくの。夫婦喧嘩《げんか》をしても、ふらりとお酒を飲みに出られなかった下戸《げこ》の受け皿。パチンコと酒しか憂さ晴らしがないんじゃ、街がどんどんちいさくなる。ゲームセンターと飲み屋以外の娯楽、それも真夜中まで開放されたお店を、思い切り手を伸ばしたところに建てるの。郊外よ。漁《いさ》り火《び》みたいに人が寄ってくる外観がいいな。女って、どんなに気持ちが荒れても自分のためになにかひとつ買い物をすると、そこでなにかがリセットされるの。夜中に気晴らしに酒を飲むこともできない人が、ちょっと甘いものをつまんで買ったばかりの文庫本を広げて、気づいたら二時間くらい経ってて、欲しかったペンや携帯のストラップを買って家に帰る。財布から出ていくのは二千円弱。普段自分のためにお金を使えない女の人の二千円は大きいのよ。男の人だって、今はそんなに持ってるわけじゃない。一気に使えるお金には、あとがないの。今は女がお金を使わないと、経済が回らない時代だもの」

章子が広げてゆく商売はいつもどこかで連動している。飲食店を母体にすれば、どうしたって身を飾る場所が必要になるといって美容院を開き、何軒かのブティックも抱えている。夜の勤めが長くなると体力を消耗するからと、フィットネスジムも開いている。人件費、維持費、経年の修繕費で赤字が出なければよしとする、福利厚生面の充実だ。どの店や施設も「いざわコーポレーション」の系列会社に勤めてさえいれば、アルバイトでも割引が利くようになっている。

土地に合った商売がある、と章子は言う。「社員の便利は街の活性化」という考えは亮介もうなずくところだ。どうしてそんなことを思いついたのかと問うた。

「亮ちゃん、わたしね、百円商売《ショップ》の敵になりたい。傾いたビルを札びらで叩くような会社とは違う。うちで働く若い子に、もっと本を読んでもらいたいの。夜の仕事でいくらお金を得ても、半数以上が年を取ったら使いものにならないんじゃ困るのよ。好きな本をぼろぼろにするまで読んで、三度買い直すくらいの子がいれば、わたしも安心」

活字と音楽、食事と文具が連動すれば、そこにはなにか新しいものが生まれる気がするという。

「ここから先は、地代を払う代わりに郊外型の娯楽と文化施設を相手にして、地元に残る若い子を育てていきたいのだけど、亮ちゃんはどう思う」

「章子さんがいけると思ったのなら、僕は全力で応援しますよ。明日にでも明るい時間帯に、その土地を見に行きましょうか」

三千坪あるという土地の値段はいったいいくらだろうと思いながら、亮介は妻の頭の中に広がる夢に自分の居場所を重ねる。口に出したからには、章子はどんなことがあっても実現に向けて動くだろう。自分は全力でそのサポートをする。いくつか整理しなくてはいけない店舗もあるだろうが、その見極めが亮介に任されているおおきな仕事のひとつだった。章子は、続きは「ゴルツィネ」で話すと言ってクローゼットへ向かった。

「じゃあ、とりあえず今夜はおいしい食事ね」

昼食はフィットネスジムに併設する「健康食堂」で摂《と》るという。二日に一度通うジムも、章子の場合は仕事の延長だ。

亮介は窓の向こうに広がる、街を覆う雲を見上げた。重い蓋のようだといつも思う。大手資本が郊外の土地を買い叩いて新たな商業街を作っている今、聞けば地方都市はどこも同じ景色だという。章子が腰を据えて県外の資本と戦うというのなら、それは「いざわコーポレーション」だけではなく、この町にとって大きな意味のあることなのだろう。

急に売り上げを伸ばす店は要注意だった。固定客を摑んで離さない腕はあるが、客の財布が寒くなった時点で次の獲物を待たなくてはいけない。店の品格ということを考えると、マネージャーの野心は諸刃《もろは》だ。

気になる店が一店あった。副社長の亮介がふらりと清掃中に現れて様子を訊《たず》ねるほうが、相手も本音を言いやすい。現場上がりという立場は彼らの静かな野心の焚《た》きつけであり、よりどころでもある。亮介の立ち位置は、現場との意思疎通においてつよい武器だった。

午後四時半、亮介が「アッシュ」の店内に入ってゆくと、マネージャーのケンジをはじめボックス席にいた従業員たちが一斉に立ち上がった。若い男たちが、同じ角度で腰を折る。「アッシュ」は二十歳から二十五歳までの若手を揃えた店だった。若手ばかりだが、挨拶《あいさつ》は崩れていないようだ。ケンジがポケットから取り出したクリップで金色の前髪を留める。亮介の前へやってくると「おはようございます」と頭を下げ、姿勢よく「気をつけ」をした。

「ミーティング中、悪かったね。近くまで来たので寄ってみたんだよ」

「ありがとうございます。ミーティングは終わりました。副社長にお越しいただけて、光栄です。現場の士気が上がります」

ホストたちの半数が店の中央に向かって頭を下げたあと、更衣室に入ってゆく。残った半数がソファーやテーブルの天板の裏側、壁や床の点検をしている。動きに無駄はないし、汚れは思わぬところにあるものだという教えも忘れていない。亮介がやってきたので慌てているという気配もなかった。

急激な売り上げの上昇はケンジの手腕によるものだけではないだろう。歴代のマネージャーのなかで、彼が飛び抜けて賢いわけでも商才に長《た》けているわけでもない。これは亮介の勘だ。だからこそ様子を見にやってくる必要があった。売り上げの急上昇にも下降にも、かならず理由がある。上昇した理由を慎重に考えなければ、下降を始めたときに現場が混乱する。

亮介はきびきびと動く青年たちを見ながら、カウンターの端に腰を下ろした。煙草《たばこ》は飲まないし、社員の前では酒もやらない。章子と同じだ。現場の管理はできるだけ専務の慎吾に任せるようにしていた。当然「アッシュ」も慎吾の指示で売り上げを伸ばしている。

亮介の前にお茶が出てきた。香りのいい玄米茶だ。礼を言って手元に引き寄せた。

「売り上げ、いい感じで伸びていますね」

「ありがとうございます」

ケンジは表情を変えずに応えた。亮介はお茶をふたくち飲んだあと、ボトルデータを見せてくれるよう頼んだ。仕入れと売り上げの収支は上がってくるが、店まで来ないと客の顔は見えない。

ケンジはカウンターの裏側からA4サイズのノートパソコンを持ち上げ、ボトルデータの画面を開いて亮介の前に置いた。気軽に入店できる明朗会計の店が入店者数を大きく変えずに売り上げを伸ばすには、ひと晩で十万単位の金を落としてゆく固定客がいると見ていい。

パソコンの画面に「ヤマザキ」という名前が散っていた。一週間に多いときで三度、少なくとも一度は来店している。

「ねぇ、このヤマザキさんって、どんな人なの」

ケンジの頬が持ち上がり、嬉《うれ》しそうな気配が伝わってくる。亮介も笑みで応えた。

「専務の、古いお友達と伺っています」

売り上げの上がった月と、ヤマザキが「アッシュ」に通い始めた時期は重なっていた。帳簿や報告に改ざんはなさそうだ。問題は慎吾の古い友人ということだった。

「女性なんだよね」

「いいえ、男性のお客様です。いつもおひとりかおふたり、女性のお客様をご同伴されています。ヤマザキ様のお連れ様でその後もご来店していただいている方は、今のところ半数です」

「そうなの、なるほどねぇ」

亮介はのんびり語尾を伸ばした。「アッシュ」を任せて一年、ケンジが身の丈以上の野心を持っているという印象はなかった。亮介は朝に章子が言っていた言葉を思いだした。

『地元に残る若い子を育てていきたい』

着替えを終えた子たちと交代するため、店内に一礼した青年たちが更衣室へ入ってゆく。章子がこの青年たちの髪を黒く戻して短く切り、郊外型の大型複合書店の店内に立たせているところを想像する。市内に住む親や親戚たちも来店するだろう。彼らに伝えた礼儀や所作を、うんと明るい店内で活かせるならば、と亮介も思う。夜は眠り、朝から働く。夜の街で生き残っていけない若い子たちの受け皿として、章子のプランがとてもいいものに思えてきた。彼女が新たなビジネスに「母親」の視点を持っていることが、なぜか嬉しかった。

「ヤマザキさんは、最初からひとりで入店されたのかな」

「いいえ、専務が店舗巡回の際にご一緒だったのが初回と記憶しております。その際は、片《かた》倉《くら》先生もご一緒でした」

「ふたりにも、お礼言っておかなきゃね。ありがとう」

片倉肇《はじめ》は章子の遠縁にあたり「いざわコーポレーション」の顧問弁護士を務めている。高校時代に素行の荒れた慎吾が無事に大学を卒業するまで、実の父親のように面倒をみていたと聞いている。章子との関係もあったと聞いているが、亮介と出会う前のことだ。たとえ関係があったにせよ、自分はそのようなことを盾に章子を責めることはない。

同じ家で暮らし、眠る。伊澤章子が無防備な時間を許している男は自分ひとりだという自負、それが亮介の寄る辺でもある。

腕の時計を見た。そろそろマンションに戻って着替えをしなくては「ゴルツィネ」での待ち合わせ時刻に間に合わない。ケンジに礼を言い、青年たちに見送られながら「アッシュ」を出た。

街を覆う重い雲の蓋は墨を混ぜたように色を濃くしていた。歩いて戻ったのでは時間に余裕がなくなりそうだ。副社長らしからぬラフさが店舗巡回時のスタイルだった。タートルのセーターにキルティングのコートとコットンパンツは亮介の冬の定番だが、「ゴルツィネ」はドレスコードがある。今夜は章子の好きなダークブルーのスーツを着て出かけるつもりだった。亮介は近づいてくる空車に向かって手を挙げた。

マンションの駐車場に章子の車はなかった。洗濯機の横に置いた脱衣かごにはフィットネスジム用のウェアが入っている。一度帰宅して着替えたようだ。亮介は急いで着替えを済ませた。エレベーターの中で章子の携帯電話にメールを送る。

『これから「ゴルツィネ」に向かいます。六時にはお店にいます』

章子からの返信はなかった。約束の店は小路を入った場所にある。古い蔵の内部を改装した店先にはなんの装飾もない。予約時間が近づくと、店の前にタキシード姿のマネージャーが立つ。彼が看板だ。章子はまだ来ていないという。店の前で章子の携帯に連絡を入れた。ただいま運転中です、という機械アナウンスが流れた。

六時半を回っても、章子は「ゴルツィネ」に現れなかった。時計の針を眺めながら亮介は、「アッシュ」に気を取られて章子をエスコートしなかった迂闊《うかつ》さを思った。今まで彼女が約束の時間に遅れることはなかった。なにか起きた。自分の間抜けぶりを悔い始めたところで、章子からの着信が表示された。店の外に飛び出し電話を取る。

「章子さん、どうしました」

一拍間があいて、耳に入ってきたのは慎吾の声だった。

「副社長、今どちらですか」

「古町のほうにいます。専務、なぜこの電話を」

「母が事故に遭いました。今、搬送先の病院からかけています」

すぐに病院に向かうと応える。病院名を告げると、慎吾は唐突に通話を切った。「ゴルツィネ」のマネージャーが表通りからタクシーを誘導してきた。亮介は促されるまま、後部座席に乗り込む。満足な礼も言えぬまま、乗務員に行き先を告げた。

手術患者の関係者は「待合室」で待つようにとのことだった。

弁護士の片倉と慎吾がときどき廊下に出てなにかを話している。ふたりとも亮介にはほとんど声をかけない。九時くらいまでは事故を知っているのはこの三人だけだったが、報道が流れてからは慎吾の携帯も自分の携帯も鳴りっぱなしだ。

　警察官からの説明では、章子の脇見運転が原因ではないかという。車はカーブでもないのに、ひどくふくらんで車線からはみ出し、対向車線を向かってくるトラックのバンパーにはじかれて路外に横転した。トラックの運転手と、後続車両の証言は同じだった。亮介は章子が手術室から戻るのをじっと待った。

　手術が終わったのは、午前零時を過ぎて間もなくのことだった。命はとりとめた、という執刀医師の説明に、まず片倉が大きく息を吐いた。医師が「命は」と前置きしたことに暗い予感が漂っている。内臓の傷が今すぐ生命に影響することはないという。ただ、と医師は続けた。亮介は身動きせず次の言葉を待っていた。

「頭部をつよく打っております。脳の損傷がいちばん激しい。今後どのような症状が現れるのか、予測のつかないところです」

「今後と言いますと？」

「まずいちばん先に、意識が戻るか戻らないか、ということです」

「戻らない場合があるということですか」

「そうです」

　手術は成功、しかし意識が戻るか戻らないかはまだわからない。説明を受けたあと、亮介と慎吾のふたりがＩＣＵ《集中治療室》への入室を許された。

顔はガーゼと酸素マスクに覆われていた。これが章子と言われればそのようにも見える。慎吾の隣に立ち、ベッドに横たわる姿を無言で見下ろした。頭半分長身の、慎吾の息づかいの静けさ。周囲から低く響く人工呼吸器や電子音。なにから先に考えればいいのか、整理もできない亮介の脳裏に、針の先ほどの納得が降りてくる。あぁ――、亮介は大きく息を吐いた。

現場は海岸線の直線道路。章子は「ゴルツィネ」で話す予定だった三千坪の土地を見に行ったのだ。

「なにが『あぁ』なんですか」

副社長、と続けられて改めて慎吾の顔を見上げた。冷ややかな視線がこちらに向けられている。十四歳しか年の違わない義理の息子の態度には、いつもなにかしら亮介を小馬鹿にした気配があった。

慎吾は袂《たもと》を分かつかたちで出店したレストランを潰《つぶ》したあと、もう一度実家の仕事を手伝いたいと言い出した。章子は笑って息子の申し出を受け「いい勉強だったじゃない」と言ったが、慎吾の意地と決意はそれ以後、亮介を徹底的に無視することで屈辱とのバランスを取っているようだった。

慎吾は亮介に向かってもう一度、なにが「あぁ」なのかと問うてきた。

「いや、なんでも」

慎吾はふんと鼻を鳴らして、再び母親のベッドへ視線を移した。ＩＣＵの入室時間はほんのわずかだ。退室を促され、廊下に出た。片倉がこちらに向かって歩いてくる。視線が亮介と慎吾を往復し、慎吾のほうで止まる。

「どうだった、アキちゃんは」

「まだ寝てる」

「目を覚ましてくれればいいんだけどな」

慎吾はそれには応えず、廊下を歩き始めた。亮介は看護師から面会時間について書かれたメモを受け取り、慎吾と片倉に追いつかぬ速度で廊下を歩いた。エレベーターの前で三人が立ち止まる。片倉が振り向いた。

「今、専務とちょっと話していたんですが、できるだけ早くに緊急役員会を開きましょう。当面のことや、今後のこと、いろいろ話し合っておかないと。呼び出しはわたしがかけます」

「役員会の前に、この三人で話し合う必要があると思いますよ」

慎吾はこちらに背を向けたままだ。片倉は「それもそうだが」と語尾を濁す。肩書は副社長でも、このふたりにとって亮介の仕事は社長秘書のようなものだろう。長らくそれをよしとしてやってきた。

女社長とその息子が経営の実権を握っており、亮介をはじめ片倉、各セクションの代表はみなひと並び。縁戚と縁故採用で成り立っている会社にとって、親族間の揉《も》めごとは経営に直結する。グループ内の仲間割れやつまはじきなどは、こじらせれば他人のそれより始末が悪い。

章子が亮介を副社長に据えたのは、他人の視点で会社全体を眺める必要性があると考えたからだった。女社長が目覚めなければ、会社の実権は息子の慎吾に移ってゆく。

慎吾はゆっくりと振り向き、値踏みをするような目で亮介を見下ろした。

「明日にでも、ゆっくり話しましょうや」

片倉が横から口を挟む。

「慎吾君、まずはみんなに事実を報告して、それぞれの意見を聞いた上で慎重に進めよう」

「片倉さんは、代理が俺じゃあ不足だと言うの」

「いや、そうじゃない。もしもの話だけど、アキちゃんの意識が回復しなかった場合のことも考えておかないと」

「それは、どういう意味ですか」

亮介と慎吾にほぼ同時に詰め寄られた片倉は、一瞬ひるんだ表情を見せたがすぐに居住まいを正した。

「これから会社を、どうやって運営していくかってことだよ。アキちゃんの真似《まね》なんぞ、誰にもできることじゃない。慎吾君、きみにだってそのくらいわかるだろう」

到着したエレベーターの箱に乗り込んだあと、三人とも黙り込んだ。ロビーでは、それぞれが別のタクシーを呼んだ。三人の住まいは街なかの半径二キロのうちにあるが、同じタクシーに乗ろうと言い出す人間は誰もいなかった。

亮介はマンションにたどり着き、明かりを点《つ》けないままリビングのソファーにくずおれた。防音設備の整った部屋には、どんな音もなかった。自分ひとりしかいない。ガーゼだらけの姿でベッドに横たわっていたのが本当に章子だったのかどうかもあやふやになってゆく。ソファーに仰向《あおむ》けになる。フットライトが部屋全体を濁った青色に染めていた。

翌日の役員会は、当面は各セクションとも気を抜かず今までどおり業務を全うするという意思確認で終わった。

半月のあいだ、亮介は決裁事項確認の合間をみて、毎日病院へ通った。章子の状況は変わらなかった。ＩＣＵから個室へ移って、面会時間が長くなったくらいだ。自発呼吸はあるが、意識が戻る気配はない。医師は脳の損傷が原因と言うが、今後意識回復の見込みがあるのかないのかを口にすることはなかった。

朝食をしっかり摂る章子の習慣どおり、亮介も毎朝同じメニューを作り続け、ひとりで食べた。食欲のあるなしを考えることは拒否し、不在を確認することを避けるような毎日を送っている。極力、感情を動かさぬよう努めた。

大きな決断や現場のガス抜き、社長主催の会食がなくても、今のところ現場に大きな混乱はない。ただ、章子の不在が長くなるとどんな問題が起こるのか想像が働かず、慎吾を差し置いて亮介が現場に先手を打つことはできなかった。

その日午後五時を回ったところで、慎吾から会社で待っているという連絡が入った。

「ちょっと副社長とお話ししたいことがありまして。仕事の途中ですみませんが、こっちに来てもらえませんか」

「わかりました。これから向かいます」

事故後に慎吾から連絡がきたのは初めてだった。亮介は限られた面会時間のほとんどを病室で過ごしているが、病院で慎吾に会うことはなかった。片倉も、三人が二人ともそれぞれお互いに示し合わせたようなすれ違いが続いている。揉めごとが起きないのはいいが、すべての問題を先送りにしているような居心地の悪さも伴っている。

本社ビルの一階は歯科医院とコンビニ、二階が事務所、三階から上はマンションになっている。土地も建物も「いざわコーポレーション」の持ち物だ。事務フロアと社長室、会議室の三つに仕切り、出入りする人数のわりにゆったりとしていた。このビルの買い取りも、章子が決めた。

「ここ、更地《さらち》のときから欲しかったのよ」と言って喜んでいた章子を思いだす。慎吾が会社を飛び出したころのことだ。

「息子のわがままをお許しください」と、出てゆくときも戻ってきた際も、章子は亮介に頭を下げた。下げる頭は下げる。戦うときは一歩も退《ひ》かない。それが会社の内外を問わない女社長の人気にも繋《つな》がっていた。

亮介がドアを開くと、応接室の奥にある一人掛けの椅子《いす》に深々と腰掛けたまま、慎吾が片手をひらひらさせた。呼び名こそ「副社長」とおだて半分だが、彼が亮介に対して持っている反感はこんな場面になるとより色濃くなる。頭を下げるのは亮介のほうだった。

「お待たせしました、すみません」

「着いてすぐに電話したんですけど、お茶一杯飲むくらいしか待たなかったですよ」

「なにかありましたか」

「少し晴れ間が見えるようになって、会いたいなと思ったもんだから」

肘掛《ひじか》けに両肘をのせて腹のあたりで忙《せわ》しなく指を動かしている。ゆったりとした口ぶりや余裕のある笑みとは裏腹な、落ち着きのない仕草だ。事務の女の子がふたり分のお茶を運んできた。彼女は茶碗を置いたあと、亮介に章子の容態を訊ねた。

「ＩＣＵから個室に移りました。心配かけてすみませんね」

それ以上言うべきではない。彼女が応接室を出ていったところで、慎吾が口を開いた。

「うちの社員はみんな、母とあなたのファンですよ。お気づきでしたか」

亮介は答えなかった。お茶をひとくち含む。窓の外は、慎吾が言うとおり少しずつ晴れ間が多くなっている。夜の色も鮮やかだ。

慎吾の上体が背もたれから離れ、こちらに近づいてくる。下から亮介を覗《のぞ》き込んだ。礼儀も作法もなかった。

「母の意識が回復する見込み、あちこちの意見を総合すると一割もないそうです」

「あちこち、と言いますと」

「知り合いや、医者や、その他いろいろですよ」

「主治医も、そう言いましたか」

慎吾は亮介の質問に答えなかった。章子の事故でうやむやになっている「アッシュ」の動きについて、話せる場面でもなさそうだ。章子の意識が戻らぬ今は、専務の動きで売り上げを伸ばしている店に難癖をつけるわけにもいかなくなった。

「副社長、お仕事のほう、大変じゃないですか」

「できることを精いっぱいという感じですが」

「会社や俺に遠慮なんか要《い》らないんですよ」

一瞬なにを言われているのかわからず、目で問うた。テーブルの角を挟んで、妙な間があいた。慎吾がちいさく息を吐いてもう一度「俺なんぞに、遠慮は要らないんです」とつぶやいた。

「『いざわ』は十年かけておふたりが大きくしてこられた会社です。今後母の意識が戻る可能性が低いとなれば、副社長おひとりではさぞ荷が重いことだろうと思いましてね。俺なりに、役員たちとも話し合いながらいろいろと考えたんです。正直申し上げますと、苦渋の選択というやつですよ」

口の中が乾いて、舌が上手《うま》く上顎《うわあご》から離れない。慎吾はいったいなにを言いたいのか。軽はずみに言葉を返すことはできない。亮介は黙って慎吾の次の言葉を待った。窓の外では原色の明かりが点滅している。「ですからね」と、慎吾が続けた。

「ここから先は、母の見舞いにでも専念していただいて、経営に関しては役員たちに等分の責任を持ってもらって、全体で維持してゆくのが会社のためだろうと、そういうことなんですよ。もちろん俺も片倉も精いっぱいのことをしますよ。母とあなたのご努力に恥じないような『いざわ』にするために」

慎吾の声が低くなった。彼は帳簿のデータに五十万円のほころびを見つけたと続けた。

ほころび、と亮介は口の中で繰り返す。その五十万円のことはよく覚えている。冬場の利益が出なかったブティックに、名目上「融資」というかたちを取った「穴埋め金」だ。章子と話し合って、店長を替えることを条件に援助した。今後の売り上げから少しずつ長期で返済してもらう予定だった。「いざわ」で働く者たちのためにも、失うことができない店舗だった。もっときめ細かくサポートしていれば良かったという教訓にもなったできごとだ。

章子のポケットマネーで埋められない穴ではなかったが、ほかの店との兼ね合いもあるので、副社長の権限で決済してある。そんなことは慎吾も役員たちも了解済みではなかったか。

慎吾は窓の外を眺めたあと、「まぁ、そういうことなんですよ」と言ってゆっくりと席を立った。まさかこのようなかたちで会社を追われるとは。亮介は呆然《ぼうぜん》としながら義理の息子を見上げた。必要以上に優しげで隠やかな眼差《まなざ》しが亮介を見下ろしている。

「お住まいは母個人の持ち物なので、夫であるあなたが今後も住まわれるのはまったく構いません。別れるというのなら止めませんけどね」

会社の株は七割が章子名義、残りの三割は亮介と慎吾と顧問弁護士の片倉が等分して持っている。いつの間にか彼に「副社長」と呼ばれなくなっていた。慎吾の態度は長い時間をかけて用意されていたものだろう。母親になにごとか起こったときは、役員を丸ごと抱き込んで亮介を追い出すという流れは最初からあったのだ。みごとと言うほかなかった。亮介は椅子から腰を上げ、深々と頭を下げた。

翌日亮介は病院のロビーで片倉を見かけたが、声をかけなかった。役員名簿に名を連ねている者の繋がりに触れたくない。自分の行動はすべて会社に筒抜けになっているだろう。「アッシュ」でケンジにした質問のひとつひとつが慎吾の耳に入っていることを思った。売り上げを左右する人物が、慎吾の友人という事実は大きい。母親が把握しきれない交友関係の、それはほんの一角。「いざわコーポレーション」が今後慎吾の手でどのような展開を迎えようとも、もう亮介にはなんの権限もなくなった。亮介は眠っている妻の頰に触れた。思いのほか温かい。亮介は自分の手の中にあるものをひとつひとつ数えてみた。

かたちあるものは、マンションと、当面食うには困らない程度の預金、衣類。章子――と連ねてみて、打ち消した。章子は伊澤慎吾の母だった。亮介に「伊澤」の名字を与えたまま眠っている。

揺り起こしたい衝動を抑え、頰から手を離した。

伊澤章子の夫でい続けながら新潟で新しい仕事を見つけるのは難しかった。ただ、慎吾の仕打ちに対して離婚という決着のつけ方はしたくなかった。

自分の存在に再び価値が生まれるのは、章子の意識が戻ったときだろう。こうして眠り続けている限り、亮介は章子の夢が暗いものでないよう心の中で祈ることしかできない。マンションと病院を往復しながら、毎日をぼんやりと過ごしているわけにはいかなくなった。自分が食べてゆくぶんくらいは働かねばならない。退職金代わりとして現金化された株は、今までの生活とマンションを維持しようと思うと二年でなくなる程度の額だ。確実に目減りしてゆく蓄えに頼るわけにはいかない。ひとまず考えねばならないのは、仕事だろう。五十半ばの職探しがどれだけ厳しいかを想像する。昨日まで副社長だった現実が大きな足かせとなる。

章子の耳元に顔を寄せて、祈るような気持ちで声をかけた。
——章子さん、お願いですから目を覚ましてください。

2　銀座・紗希

千鳥ヶ淵《ちどりがふち》の桜が満開というニュースが流れた。白川紗希《しらかわさき》は朝食を作る手を止めて、テレビに映る満開の桜を見た。朝も昼も、ワイドショーには決してチャンネルを合わせない。スキャンダルもおめでた速報も、第一線で仕事をしている人間の証《あかし》だ。スポーツ新聞の見出しやワイドショーのテロップが曖昧《あいまい》な語尾で疑いを強調すればするほど、スター性が高い。確定じゃなくても話題性は充分。スキャンダルもスターの仕事だ。タレント事務所に所属しているというだけで、ほとんど仕事のない紗希にとって、ワイドショーのネタになるようなことはなにひとつなかった。

オールブランのシリアルとヨーグルト、温野菜と目玉焼きをテーブルに並べ、両手を合わせる。深呼吸をひとつして、ヨーグルトを口に入れた。ここ十年変わらずにある朝の儀式だ。

紗希が全国美少女発掘プロジェクト「これが美少女だ」コンテストで準優勝をしたのは高校一年のときだった。

書類選考で北海道予選を突破し、東京で行われた公開審査でもラスト十人のひとりになった。決戦で最終の三人に残っていると報《しら》された時点で、所属するタレント事務所が決まった。とんとん拍子だったはずの日々がおかしくなり始めたのは、高校を卒業して東京に出てきてからだった。

「きれいな顔に甘えてるでしょう」というのが、事務所の指導部長から言われた最初のひとことだ。

「田舎じゃ絶世の美女だったかもしれないけど、ここは東京。今は顔なんてどうにでもなる時代だからね。なにかひとつ人の目にとまるものがなきゃ駄目よ」

個性派女優として数十本の映画に出演し、近年はドラマでも手堅い脇役として出演しているベテランだった。皺《しわ》もシミも受け入れ、目も鼻も、一箇所も手を加えていないというのが自慢のひとつだ。

同じ時期に事務所に入ったタレントで二年後に残っていたのは、六人のうちの二人。紗希と同い年の桐原《きりはら》ゆかりだ。彼女は給料をめぐって事務所と揉めに揉めて、移籍した事務所のてこ入れで出た主演映画が当たった。ときどき歌舞伎俳優との噂が流れては次の男が浮上するという、ワイドショーにはおいしい存在だ。

紗希が週刊誌も読まずワイドショーも観なくなったのは、桐原ゆかりの映画がヒットしたあたりからだった。そのころは紗希にも多少仕事があった。深夜番組のアシスタントやＣＭ

出演、情報番組のリポーターもやったし、週刊誌のグラビアも年に数本お呼びがかかっていた。そのころ知り合ったテレビ局のプロデューサーと行った銀座のバーで、店のママに言われた言葉は胸の奥に刺さる細い棘《とげ》だ。

「北海道の子はねぇ、よほど気をつけて貪欲《どんよく》にやっていないと駄目よ。銀座に出てきてすぐにナンバーワンになるのはたいがい北海道の子だけど、不思議と自分のお店を持つのは九州の子なの」

その言葉と「きれいな顔に甘えている」は、ときどき落ち込みがちな心を更に下へ下へと引っ張ってゆく。

今日のハーブティーは気持ちを持ち上げる効果を期待してペパーミントの葉を使った。一時間かけてゆっくり食事をしたあと、シャワーを浴びる。そして八畳一間にミニキッチン付きのワンルームには不釣り合いなほど大きい鏡の前で、自分の体を隅々までチェックする。

夜に明かりの下で見るのと、陽光のなかで見る裸には、悲しくなるほど差があった。陽光は容赦ないほど肌のくすみや毛穴を、手入れを怠っている部分や気を抜いている箇所を鏡に映し出す。

この陽光に耐えられる体型と肌を維持しないと、グラビア撮影やプラズマ大画面のテレビに対応できない。毎日飽きるほど自分の体に気を遣う日々も、十年も経つとひとつのサイクルになる。すぐに肌に出てしまうので、ここ数年は酒もほとんど飲まない。

紗希は鏡の前でちいさくため息を吐《つ》いた。今日も明日も、働く場所は銀座のキャバレーだった。イベントの添えものやドラマのちょい役だけでは生活できないので、事務所もアルバイトを許している。風俗ぎりぎりのお店で働けば実入りもいいが、芸能界で生き残るのは難しくなる。二十九になる今も真正面からタレントとして生き残ろうとするのは、現実が見えていないせいだと言われるが、紗希にとっての生き残りの方法は、露悪に走らず無駄に自分をおとしめないこと。芸がないならばないなりに、さっさと脱げばいいというアドバイスは耳に入れないようにしてきた。

紗希のアルバイト先は、銀座の一等地にある老舗《しにせ》グランドキャバレー「ダイアモンド」だ。明朗会計と老舗の暖簾《のれん》と、昭和の時代から変わらぬサービス内容という健全さが売りだ。いつか映画やテレビドラマで脚光を浴びたときに、笑って話せるバイト先として「ダイアモンド」は筋のいい夜の仕事だった。いつ訪れるかわからないその日のために、コメントも用意してある。

「社会勉強と演技の勉強を兼ねて。お店のみなさんも優しくて、とてもいい経験でした」

昼間の仕事はことごとく面接で落ちた。理由はほとんど説明されなかったが、面接までこぎ着けた先の半数が「別の会社を紹介する」といって連絡をくれた。いずれも電話で話したり会ったりすることが数回で途絶えたのは、相手が「喫茶店でお話」以上のことを求めてきたからだ。今のところ、後々週刊誌記者に突《つつ》かれて困るようなつきあいはない。

「ダイアモンド」に勤めてから五年が経つ。五年経って気づいたことは、自分は思った以上に他人に愚鈍な印象を与えるらしい、ということだった。好意的な同僚は「おっとり」と表現するが、「のろま」や「鈍い」という言葉も耳に入ってくる。いちいち気にしていたのでは、女ばかりの職場でやってはいけない。

陰口も人気のひとつと教わってきたが、果たしてそれがキャバレーの楽屋でも通用するのかどうか。深く考える前に面倒になってしまうところが「愚鈍」というならば、きっとそうなのだろう。

呼吸を整えて、鏡の前で「今日のポーズ」をとった。背中から腰にかけてのラインに、春の日差しが注いでいる。咲き誇る桜が、日差しに淡い色を与えているような気がする。少し濃くなったハーブティーを飲んで、ふたたび深呼吸をひとつ。部屋の壁をぐるりと見回した。

水着姿でジョッキを持っている居酒屋チェーン店のポスター、初めて「週刊バズーカ」の巻頭グラビアを飾った一枚、「これが美少女だ」コンテスト優勝者の隣で微笑《ほほえ》んでいるスナップ。小物入れになっている準優勝カップ、リポーター時代の記念写真が、壁から棚から紗希を見ている。

部屋着を着て、日課のヨガを始めたところで携帯電話が鳴り出した。瞼《まぶた》を開くと同時に画面を見ていた。事務所のマネージャーからだ。一週間前に受けたミュージカルのオーディションの結果が出たのかもしれない。脅しかどうかわからないが、このオーディションに落ちたら契約も危ないという告知をされている。息を大きく吸って着信表示をタップした。

「起きてた？」

「はい。朝ご飯を食べて、ヨガメニューに入ったところでした。これが終わったらブログの更新をします」

「相変わらず真面目《まじめ》ねぇ。みんな紗希ちゃんみたいだったら、アタシの仕事もどんだけ楽かわかんないわ」

　事務所に入って五人目のマネージャーは、三十半ばの、オネェだ。見かけは悪役プロレスラーのようだが、話し方は二丁目系。タレントよりもキャラクターが濃いというので、業界では紗希よりずっと有名だ。

「紗希ちゃぁん」湿度の高い、絡みつくような声が耳に滑り込んでくる。オーディションに落ちたという報せだった。

「そこをどうにかなりませんか、ってアタシも頭下げまくりでお願いしたんだけどね。あのエロプロデューサーったら、いくら頭下げても駄目だって。あとは脱がせるしかないだろうなんて、ひどい言い方よ。そこを譲れるくらいなら、もっと早くに脱いでるわよね。あのタコ坊主、ただの美人しか取り柄がないなら、いっそブスのほうがましだなんてこと言うのよ。整形一切なしなんていうふれこみで売り出す時代は終わったんですって。馬鹿にしてるわ」

　紗希はぼんやりと壁に貼ったポスターを見ながら、控えめに自分のなにがいけなかったのかと問うた。

「駄目なものは駄目の一点張り。アタシもがんばったんだけどねぇ。許してちょうだい。あんなヤツに紗希ちゃんのいいところなんて、絶対にわかんないと思うわ」

「いえ、いいんです。いつも面倒ばかりかけてごめんなさい」

ちいさいため息が聞こえた。本気で同情されているのかもしれない。マネージャーと営業が頭を下げても駄目なものは、本当に駄目なんだろうと思うしかなかった。紗希は精いっぱいのねぎらいと自分への叱咤《しった》を込めて言った。

「またがんばります。今回は力が至らずすみませんでした」

通話に嫌な間があいたあと、マネージャーがそこだけ妙にゆっくりと言った。

「紗希ちゃん、悪いんだけど、今月いっぱいで契約も打ち切りなの。アタシ、もうちょっと違う角度から売り出しますからって、社長にも専務にも何度も土下座したのよ。でもやっぱり駄目。どこもかしこも、世知辛いったらないわ」

吹きつけるようなため息が聞こえてくる。契約打ち切り。タレントとして死ねと言われたのだが、はっきりとした実感はない。

「その気があるなら、それ系の事務所に紹介もできるから。アタシもほら、顔が広いのだけが取り柄でしょ。AVでもなんでも、やる気になったらいつでも言ってちょうだい。あなたみたいな上玉をこのまま田舎に帰すのはもったいないと思ってんのよ、アタシだって」

マネージャーは「じゃ、元気でね」と言って通話を切った。紗希は再びヨガの続きを始めた。ポーズを変え、呼吸に意識を集中させる。一日のメニューを終えたとき、両目から涙がこぼれ落ちた。この十年に得たもの、出会った人、悔しい思いや喜んだ一瞬が、ぐるりと胸をひとまわりする。

高校を卒業してから上京したのがそもそもの間違いだったのか、と振り返る。親から出された条件が、高校だけは卒業することだった。

あの二年が悪かったのではないか――。

つまずくたびにぐずぐずと考えていた。年に一度の「これが美少女だ」の優勝者がふたり出たあとで、準優勝の二流ねらいが一発逆転することなど最初からなかったのだ。マネージャーたちはいつも掛け持ちの片手間で紗希を受け持っていた。ちょっとでも火の点いたタレントに力を入れて、紗希の営業などほとんどしない。それでもどこかで「まだがんばれる」と思い続けていた。マネージャーも会社も自分になびく日がいつか来るはずだと信じていた。目が腫《は》れない程度に泣くのが上手くなった。それがこの十年の収穫だった。

創業八十年銀座ガス灯通りにあるキャバレー「ダイアモンド」が、これから唯一の勤め先になる。もう、タレントの片手間のアルバイトという言いわけは通用しない。出勤日数は同じでも、働き口はここしかなくなってしまうのだ。重い気持ちで通用口を入ると、フロアにモップを持った従業員がいつもより高い声で「おはようございます」と声をかけてくる。あぁ、自分はいま暗い顔をしているのだと、彼らの声で気づかされる。女の子たちのテンションを上げるのも、フロア係の仕事だった。

二階の端にある木の扉を開け、細い階段を上る。衣装部屋の前を通ってもう一段高いところにあるのがロッカールームだ。ウナギの寝床のようなひょろ長い部屋の、壁一面にロッカーが並んでいる。

キャバレー「ダイアモンド」のロッカーは、ひとつひとつがシューズケースを少し大きくしたくらいしかないので、大荷物は入れられない。ショーで使う楽器などは部屋の隅に並んでいた。木製で壁一面何段もあるロッカーの数字並びはバラバラだ。みんなお気に入りの場所に自分のラッキーナンバーを書き込んだ紙を貼り付けている。昭和初期からほとんど変わらないと聞いた。歩くたびに床の板が鳴る。もう、どこを踏めばどんな音がするのか覚えてしまった。

紗希は「これが美少女だ」コンテストのエントリーナンバーだった「007」のロッカーの前に立った。ボンドガールを意識しているのだが、誰からも指摘されたことがなかった。身長が百六十八センチあるので、ヒールを履くといちばん上のロッカーが顔の高さになる。在籍しているホステスは二百五十人。週末は昭和を懐かしむ客で一階も二階も満杯になる。ロッカーにバッグを入れて、壁を隔てた隣にある衣装部屋に入った。

「おはようございます」

身長別にずらりと貸衣装が並んでいる。百五十から百六十がほとんどだ。長身のホステスは紗希を入れて三人ほどしかおらず、「百七十」という札のところだけ、極端に衣装が少ない。

「お客様に借り物だと悟られないように、なるべく五着以内でまわしましょう」という店の指導も、いろいろ試してみたい若い子たちには不評だ。衣装ハンガーの向こうから紗希を呼ぶ声がする。

「紗希ちゃん、ちょっとこっちに来て」

少しかすれた声は、衣装部マネージャーの吉田《よしだ》典子《のりこ》だ。何百着もある衣装をひとりで管理して、毎日女の子たちの希望どおり、どんな衣装も体にぴったりと合わせてくれる。多少のサイズのずれも彼女の手にかかると、安全ピンひとつであつらえたようなドレスになった。店の女の子たちからは、その腕への信頼から「吉田プロ」と呼ばれている。

「ダイアモンド」に勤めている女のなかで素顔のまま仕事をしているのは吉田典子ひとりだろう。もともとは有名デザイナーの元で縫い子をしていたという噂だった。

ベテランは一割、紗希のような中堅が二割、あとは常に入れ替わる初心者層だ。誰と誰の仲がいいのかを知る前に、若い子のほとんどは入れ替わってしまう。勤めが長い者ほど余計な会話のない職場だった。不思議と指名が多いのは、ごく普通の主婦と間違えそうなくらい目立たない女だ。吉田典子が微笑みながら言った。

「いいドレスが入ったの。紗希ちゃんにどうかなと思って。なかなかサイズがなくて、気になってたのよね」

手に、薄いグリーンのタイトなカクテルドレスを持っている。スパンコールも少なめで、胸元でクロスさせた布のドレープが美しい。ロングの裾《すそ》が歩くたびに美しく揺れるだろう。

「春っぽいでしょう」

「今日、着てみてもいいかな」

吉田が「もちろん」と言って更に微笑んだ。衣装部マネージャーだが、吉田プロにはホステスたちの相談相手という側面もある。衣装を合わせてもらっているあいだにひとことふたことこぼした愚痴は、彼女に優しく吸い取られてゆく。フィッティングのプロは、楽屋裏のプロでもあった。

白いエナメルのヒールを脱いで、一段高くなっている畳の上でドレスを着てみた。測ったようにサイズが合う。ドレープのクロスが胸元を美しく演出してくれる。色もそうだが、デザインが清楚《せいそ》でいい。ドレスは希望する女性客にも貸し出しをするし、誰が着てもいいことになっていた。

「やっぱりこのドレス、紗希ちゃんのイメージにぴったり」

着心地もいいし買い取ろうか、と思った瞬間、昼時に受けた電話が蘇《よみがえ》った。

「どうしたの、紗希ちゃん」

勘のいい吉田プロにはすぐに気持ちの陰《かげ》りが伝わってしまった。紗希は精いっぱい微笑んでドレスの裾を持ち上げた。

「事務所クビになっちゃった。今月いっぱいだって。契約の更新なし。もう、タレント廃業なの」

言葉にするとまた涙が出そうになる。いけない。化粧時間とこれからお店に出るまでの余裕を秤《はかり》にかけた。体の向きを変えてドレス姿を大鏡に映し出した。目が少し赤いが大丈夫だ。鏡の中で吉田プロが肩紐《かたひも》の長さを調節している。

「紗希ちゃんには、幸せな結婚をしてほしいな、わたし」

「結婚？」

考えたこともなかったが、姓の変わった年賀状が何通かあったことを思いだした。郷里の友人たちとはもうほとんどつきあいが途絶えている。報せをもらって素直に喜んであげられるような日々ではなかった。祝い事の報せは、受け取るほうにも「そこそこの暮らしをしている」という看板が必要なのだ。

事務所のマネージャーには「スキャンダルはここぞという場面で使う」と言われ続けていたので、誘いを受けても警戒心が先に立つ。週に一度、夜中の番組に出ていたころはスタッフやゲストの俳優に誘われたりもしたが、それも遠い話だ。

改めて「愚鈍」という言葉が胸の奥に響いた。すべて仕事のためという言いわけを許し続けていたツケが、今ごろになって回ってきた。いつかスポットライトを浴びる日のために節制してきた日々――。

「結婚なんて考えたことなかったな。吉田プロはどうなの」

「わたしはこのまま、ダイアモンドの衣装守って暮らすのも悪くないと思ってるよ」

有名デザイナーの元を離れた理由を聞いていなかった。女の子たちの悩みを聞いてばかりの彼女は、どんな道筋をたどって「ダイアモンド」に流れ着いたのか。紗希は大鏡の中の彼女に「吉田プロもこのままここで埋もれるつもりなの」と問うた。鏡の中で瞬間目が合う。彼女の表情が曇ることはなかった。

「紗希ちゃん、言いたい人には言わせておけばいいのよ。日々の自分に満足していないと、イライラするだけでしょう。そんなのお肌にも精神衛生上も良くないじゃない」

紗希は「結婚かぁ」とつぶやいてヒールにつま先を入れた。吉田プロのドレスの見立ては完璧《かんぺき》だった。あまりにもぴったりで、キャバレー「ダイアモンド」でこのドレスを着こなせるのは紗希だけのような気がしてくる。

「今年三十だもんね。ベテランのお姉さんたちを見習って、毎日出勤でミリオンさん狙おうかな。結婚よりそっちのほうがずっと現実的かも」

給料と指名料で月に百万以上稼ぐ先輩ホステスたちは「ミリオンさん」と呼ばれている。

そうなると銀座「ダイアモンド」の看板として、永遠に語り継がれてゆくのだ。若いだけで客がつく店ではない。老舗の暖簾は今も生きている。安易に稼げるお店に移らず、ひたすら自分の根を守ったという評価が人としての信頼に変わる。創業八十年のグランドキャバレーでは、歴代のミリオンさんはみな祝福されて堂々と独立したという。もともと、創業時から店を潤わせたホステスが、自分の店に「ミリオン」と名付けたのが始まりだった。

ミリオンを狙うなどと言ってはみても、自分がその器ではないことくらいわかっている。芸能界に執着してきた十年間ほど、ホステスで上りつめたいと思えない。吉田プロが「さぁ、今日も気張って稼いでらっしゃい」とドレスの背中を軽く叩く。どうやらまた、顔が曇っていたらしい。紗希は精いっぱいの笑顔で応えた。

その夜、紗希がマネージャーの指示で着いた席は、五十代のひとり客だった。黒っぽいスーツにおとなしいネクタイ姿。サラリーマンのようにも見える。胸にちいさな白いリボンを付けていた。初回のしるしだ。男の視線が、ボックス席の前で一礼した紗希を見上げる。初対面の際に男が見せる動揺が、今夜はなかった。女を見慣れている気配だ。業界の人間にありがちな「品定め」の気配もない。紗希は不思議な心もちになった。「品のいい男」とはこういうものかもしれない。これといった特徴のない風貌は、もしかするとただ者ではないしるしか。

「こんばんは、いらっしゃいませ」

胸に付けたネームプレートをつまんで微笑みかける。

「紗希と申します。よろしくお願いします」

男は軽く頭を下げて「こんばんは」と言った。一礼して、横に座る。初回からボトルが入っているようだ。ウイスキーのネックに「伊澤」というプレートが下がっている。

男の希望どおりに薄めの水割りを作った。自分の分も作っていいかと訊ねる前に、男が紗希のグラスに氷を入れていた。礼を言ってグラスを受け取り、男よりも少しだけ薄い水割りにした。

「ありがとうございます、乾杯」

初回の客へのサービスで、ミニオードブルが運ばれてきた。チーズやクラッカー、サラミといった定番だ。早い時間にひとりでやってくる客は珍しい。ずいぶんと物静かな男だった。

「マネージャーから、大切なお客様と言いつかっております。わたしに務まるかどうか、ちょっと緊張してやってきたんですけれど、お優しそうな方でほっとしました」

「大切というほどの者じゃないです。ここの支配人が、僕が東京でホテルに勤めていたころの同僚なんですよ。そのホテルの火災で職を失ったあと、向こうは『ダイアモンド』に勤めて、僕は故郷の新潟に戻ったんです。年に一回電話で話すつきあいが続いている、少ない友人のひとりです」

「それでは、今日は新潟からですか」

「この春からまたこっちで働くので挨拶に寄ったら、就職祝いだってことになって。なんだか申しわけないことをしました」

五十代の男が再就職するのは、紗希が事務所を移るよりずっと難しいのではないかと思った。スーツを着るような職場に勤められたのなら、支配人のように前職の腕を買われたのかもしれない。さりげなく仕事を訊ねた。伊澤の表情にかすかな困惑が浮かぶ。紗希が無礼を詫びようと口を開きかけたとき、彼が言った。

「不動産の営業です」

「そうなんですか」

土地や建物が高値で売買されていた時代はとうに過ぎた。今どき手放しで景気がいいところは、それはそれで別な意味合いで危ないだろう。気の毒に思う気配が顔に出ないよう、努めた。でもね、と伊澤が続ける。

「仕事が決まって三日で、今日いきなり北海道へ行けと言われて正直驚きました。たった三日で辞めるわけにもいかないですし」

北海道のどこかと訊ねると、千歳《ちとせ》の南側にある南神居町《みなみかむいちょう》だという。

「たしか湖のきれいなところですよね」

「ご存じなんですか、驚いたな。僕は今日初めて聞いた土地の名前でした」

「わたし、北海道出身なんです」

伊澤がなるほどとうなずいた。

「僕は、五十四にもなってまだ一度も北海道に行ったことがないんですよ。寒いイメージばかりで、なんとなく気が進まなかった」

「南神居のあたりは気候もいいし空港も近いし、温泉もあっていいところだと思います」

郷里は北海道のどのあたりかと訊ねられ、釧路《くしろ》だと答える。

「南神居町からは遠いんですか」

紗希は「だいたいですけれど」と前置きして、南千歳駅から列車で四時間くらい、と言って微笑んだ。

「東京と新潟を往復するくらいかかるんですか。ずいぶんと広い土地ですね」

「広さだけは九州ふたつぶんあるんです。それぞれの街もみんな離れていて、街から街までのあいだ、建物もなにもない景色が何十キロも続いたりします」

北海道からやってきたという客の受け売りを披露していると、紗希の内側に故郷の重たく垂れ込めた雲と霧の景色が広がった。晴れた空もたくさん見てきたはずなのに、思いだす景色は春から夏にかけて広がる湿った曇天だった。

「よく帰省されるんですか」

「もう、五年くらい帰ってないです」

そうですか、と言ったきり伊澤は理由を訊ねなかった。

実家の母には、東京でしか放映されていないテレビ番組のレギュラーをしているので忙しくて休みが取れないと言ってある。嘘を重ねているうちに、電話をするのも億劫《おっくう》になってしまった。母からも滅多に連絡がこない。

紗希はかるく居住まいを正し、ポーチから「ダイアモンド」の店名が入った名刺を差し出した。伊澤にも一枚もらえないかと頼んでみる。いつもは儀礼だが、なぜなのか彼にはもう一度来店してほしいと思っている。心が弱くなっているのかもしれない――。きっとそうだ。タレント廃業を宣告された日だから、誰かに頼りたいのだろう。

「東京にお戻りのときに、またお立ち寄りいただけたら嬉しいです」

言葉にすると、それが本音のような気もしてきた。伊澤が上着の胸ポケットから名刺入れを取り出した。

「実は、いきなり北海道の勤務というので正直へこんでいたんです。あなたに会えて良かった。ありがとう」

行ったこともない土地での仕事を告げられた伊澤と戦力外通告を受けた紗希の、自分たちをとりまく景色を変えた一日を思った。なにやら内側からおかしみともかなしみともつかない感情がこみ上げてくる。

「すみません、僕、変なこと言いましたね」

「いいえ、違うんです。わたしも今日、所属していた会社をクビになっちゃったから。へこみ具合は同じくらいかしらと思って」

「ここ以外でもお仕事をされてるんですか」

紗希は少し迷いながら、タレント事務所にいたことを告げた。

「今日はわたしも、これからどうしようか考えなくちゃいけない日だったんです。ごめんなさい、本当はホステスがこんな景気の悪い話をしちゃいけないんです」

伊澤が「いや」と首を横に振った。グラスにウイスキーと氷を足した。以前、支配人が「ダイアモンド」に勤めてから十年経ったと言っていなかったか。ミーティングのときだったろうか。ふと、伊澤が新潟でどんな仕事をしていたのか気になった。新潟でも不動産関係の仕事をしていたのかと訊ねると、伊澤が首を横に振った。

「新潟では、飲食店の経営を手伝っていました。『ダイアモンド』のようなキャバレーも、若い男性女性向けのお店も。まぁ、いろいろです」

「手伝っていた、とおっしゃいますと」

「経営側にはいたけれど、社長は女房だったんです。僕は現場の人間の相談役みたいなものでした」

この仕事には男が妻の話をし始めたときの、お約束の笑顔がある。店の女の子たちひとりひとりが日々練習している「いたずらスマイル」だ。熟年離婚の話を聞かされるのかもしれないと心の準備をしながら、唇を結んで笑い顔を傾ける。伊澤は水割りを飲んで、静かに言った。

「この春、女房の後ろ盾がなくなって会社を追い出されたんです」

やはり熟年離婚か、と紗希は「いたずらスマイル」に眉を寄せてかなしみを加えた。伊澤の頰もいくぶん持ち上がる。「ダイアモンド」名物のショータイムが近づき、ボックス席が埋まり始めていた。古い歌謡曲やジャズのスタンダードが流れる店内がひときわ賑《にぎ》わう。

伊澤が軽く時計に視線を落とした。ショーは三十分ほどだ。この時間帯に「ダイアモンド」を出る客はあまりいない。

「このあと、なにかご予定でも？」

「いや、そういうわけじゃなく、新しいお客様に席をお譲りしたほうがいいような気がしてきて」

「わたし、なにか粗相をしましたか」

伊澤が「まさか」と慌てた様子で手のひらを左右に振る。

「違う違う。なんだかここでこんなにくつろいでいいのかと思ってしまって」

「そんなご心配は無用です。ショーの前にお席を立たれたら、一生懸命歌って踊っている女の子たちがかわいそう。ゆっくりしていってください、わたしも伊澤さんのお席で楽しみたいんです」

普段はあまり客を引き留めることをしない。勤め始めたころに客から言われたひとことが古傷になっている。

『見飽きちゃうほどの美人って、本当にいるんだね』

褒められているのかけなされているのかわからず戸惑った。吉田プロに言わせると「いつだってひどいことを言って気を引くのが男の子の手口だったでしょう」と軽やかだ。なるほどと思ったものの、やはりちいさくとも棘は棘だった。

伊澤が再びソファーの背にもたれた。紗希はグラスに氷と酒を足した。今夜は席をいくつも移動したくなかった。売り上げは伸びない。けれどなぜか、伊澤の隣にいると明日からまたがんばろうという心もちになれそうなのだ。もう少し、あともう少し、と伊澤の隣で浮上の機会を待っている。紗希に興味を持てないくらいへこんだ男のそばにいると、こちらの落ち込んだ心を無理なく持ち上げられそうだった。

かつて感じたことのないさびしさの理由が、伊澤によって解けそうな気がしてくる。今夜だけは、不思議を不思議として片付けたくなかった。タレント廃業に、しっかりとした理由が欲しい。そうでなくては、一歩も前に進めない。紗希はおつまみの皿からひとくちサラミを手に取り、軽く首を傾《かし》げて男に勧めた。

平日はショータイムが売りもののひとつだった。吹き抜けになったホールの、二階の角にあるバンドスペースから伸びる階段を指さす。伊澤がホールの中央へ視線を移した。一段おきに色とりどりの衣装を着けたダンサーが並び始めた。ピンク・レディーのメドレーにのってダンサーたちがフロアに散り、踊り始める。ここで流れるのはすべて昭和の歌謡曲だった。後半は生バンドで専属歌手がグループサウンズや懐メロを歌う。

　ダンサーたちのほとんどが、ほかに仕事を持っていた。本業では食べられないか、表舞台に届かなかったか。「ダイアモンド」の専属で若い子たちをまとめているのは、年齢不詳の歌手「いづみ」だ。彼女がよく通る声でちあきなおみの「夜間飛行」を歌うと、それまでフロア全体を包んでいたざわめきが止まる。すべての視線を手に入れたあとは「魅せられて」でダンサーたちが通路へと散った。アンコールの一曲は「喝采《かっさい》」だ。今日は喉《のど》の調子がいいらしい。拍手でいづみを見送りながら、伊澤が言った。

「みんなあなたが生まれる前の曲じゃないかな」

「そうです、すみません」

「謝ることはないですよ。いい曲ばかりだ。僕も新潟でこんなお店を成功させたかったな。古き良き時代と簡単に言うけれど、守るのはとても大変なんですよ」

　伊澤を二時間の枠いっぱい引き留めて、店の前へ見送りに出た。マネージャーが紗希の肩にショールをかける。ガス灯通りを行く人が、みなこちらを見ている。つつましやかな舞台だ、といつも思う。さびしげな顔にならぬよう気をつけながら伊澤に手を振る。

「北海道へいらっしゃる前に、もう一度お目にかかれたら嬉しいです」

　できれば、と彼が言った。決まりきった会話の隅に、ほのかに光る石を見た気がして、

「お待ちしています」と頭を下げた。その日、紗希は三件の指名を取って仕事を終えた。

ドレスを戻しに行くと、吉田プロがミシンの手を止めた。

「紗希ちゃん、ドレスの着心地どうだった」

「すごく楽。お客さんも喜んでた」

「よかった。明日もがんばろうね」

吉田プロの「明日もがんばろうね」は女の子たちへの「おやすみなさい」だった。ドレスを戻しに出入りする子たちみんなが、この声で一日を終える。ロッカールームに戻り「007」の扉を開いた。いつもと同じ喧噪《けんそう》のなかにいるのに、今日はなぜか耳に入ってくる音が遠かった。郷里が同じ者同士の会話は、旅先にでもいるようなお国なまりの連発だ。ポーチから携帯電話と今日もらった名刺を取り出し、バッグへ移す。「ダイアモンド」の通勤服は細身のジーンズとレーヨンの白シャツだ。足下は神楽坂《かぐらざか》の手作り靴店で買ったシンプルなローヒール。仕事以外で着飾ったりしない。そんな誓いを立てていた十年が終わった。

女の子たちは店の外へ出ると、これから遊びに行くかたまりごとに左右へ散ってゆく。いつかブレイクしたときのために節制し続けていた生活を、今夜急にやめるのも難しかった。自棄《やけ》になりたくても、方法がよくわからない。つまりはそこが白川紗希という素材の「つまらなさ」なのだと気づいた。

ガス灯通りから中央通りへ。

仕事が終わっても、きらびやかな銀座の夜はまだ続いていた。

3　南神居町・亮介

春雨が関東の桜を散らした日の夜中、うとうとしかけたところに携帯電話が鳴った。弁護士の片倉からだ。電話が鳴れば章子になにかあったのかと身構える。章子の容態が変化したときは病院から直接電話をもらえるよう看護師に頼んである。夜中の電話は心臓によくない。亮介は動悸《どうき》で前後に揺れる体を起こした。

「いかがですか、久しぶりの東京暮らしは」

「別に」

「そんな素っ気ない言い方をしなくてもいいじゃないですか」

お気持ちはわかりますが、という片倉の声は平淡で、どんな感情も受け取ることができない。この男が「仕事をお探しでしたら、先方が是非うちに来てほしいと言っています」と紹介した当面の就職先が「東都《とうと》リバブル」だったのである。当初は営業の顧問的な存在として、週に数回の出勤という話だったが、蓋を開けるとまるで違った。週の半分は新潟に戻れると踏んだのが、そもそもの間違いだった。片倉が言う「うってつけの仕事」は、入社数日でがらりと姿を変えた。

時計は十二時を過ぎている。赴任地の下調べと資料整理やダイレクトメールの発送で、一日が瞬く間に過ぎてしまった。営業顧問などという肩書きはただの飾りで、実際の仕事は雑用だ。明後日には現地のリゾートマンションを売るために、ひとりで北海道へ向かわねばならない。

1Kのウィークリーマンションも明日の早い時間帯には解約手続きを取る予定だ。新潟と東京を往復するつもりの、仮住まいとして借りた部屋だった。北海道と新潟の往復のほうが多くなりそうなこの夏は、契約を続ける意味もない。

「あいにく新潟にいたときよりも寝る時間が早いんです。以前は日が変わってから寝て、太陽が昇りきってから起きてましたけれど。僕の動きなど、すべてご存じでしょう」

「いや、用件はちゃんとあるんですよ。専務から、いや社長代理からの仰せでしてね」

「もう僕は、いざわコーポレーションの人間じゃありません」

「でも、伊澤章子の夫には変わりないわけでしてね」

「今度は籍を抜けという命令ですか」

片倉は「誰もそんなことは言っていない」とかわしてくる。亮介は黙って携帯を耳にあてて彼の言葉を待った。用件によっては相討ちのような格好《かっこう》になる。無駄な諍《いさか》いを避けるために東京へ出てきたというのに。亮介が市内にいては会社が分裂してしまうからと言って、ひとまず週の半分でも東京へ避難してみてくれと頭を下げたのは片倉だった。

週に数回、新幹線を使って章子の様子を見に戻るという計画は、はからずも千歳と新潟の空路へとかたちを変えるが、かかる時間にはそう大きな差はない。そんなことをしていると月給のほとんどが交通費に消えてしまうのも確かだ。今は働く場所を得て、新潟とはつかず離れずの距離にいることが大切と思い、北海道行きを承知したのだった。

北海道南神居町のリゾートマンション。ノルマは六戸完売。建物と気候と住環境を紹介するＤＶＤには、なぜか冬の景色がひとつもない。良いことだらけの広告資料を手に、行ったこともない土地でどんな営業を行えばいいのか見当もつかないままだ。それでもどこか気持ちの隅で、東京にいるよりはいいのかもしれないとも思っている。冬場は吹雪《ふぶき》で欠航もあるらしいが、夏ならば西日本より台風も少なく、新潟との交通条件はそれほど変わらないという。あとはパンフレットどおり「パラディーゾ　カムイヒルズ」が新千歳空港から車で十五分の場所にあることを祈るだけだ。

片倉が軽い咳払いをした。亮介も意識を携帯電話に戻す。

「これは、社長代理からの伝言なんですが、よろしいでしょうかね」

「伺う前からお返事はできません」

「当然です。夜中ですし、手短に申し上げますよ」

片倉が慎吾から言いつかったのは、つまり「亮介の生活の監視」だった。

「経営陣から離れたとはいえ、あなたは社長の夫です。なので、会社としても前副社長にはあまりご不自由な生活をしていてほしくないわけです。体面というのもありますし」

それが、新潟に戻る際の連絡と生活の場所を報告し続けることの理由だった。亮介はなにを今さらと言いかけてやめた。片倉と慎吾が、亮介を放りっぱなしにできない理由がいったいなんなのか。慎吾の思考の方向と癖を考えてみる。亮介に新しい女が現れれば厄介だが、逆に弱みとして「使える」と判断したのだろう。さまざまな策を講じて章子との婚姻を解消する方向へ持ってゆける。そうなれば片倉も満足だろう。

改めて「隠居」という選択もあったことを思った。会社が割れることを避け、うまくバランスをとったつもりでいた。亮介はいったい自分がどこへ向かって歩いているのか、いっときわからなくなった。

「できる限りご報告しますよ。ただご存じのとおり明後日から東京を離れますので、しばらくはこちらもバタバタすると思います。なにせ平社員として使われている身なのでね。多少の報告漏れについては了解いただきたい」

自分はこんな物言いをする人間だったろうか。経営陣だったころは努めて穏やかな言葉を選んでいたはずだ。片倉は「わかりました」と言ったあと、どういう物件を任されたのかと訊ねた。

「リゾート型のマンションです。格安の部屋もあるようです。片倉さんもいかがですか」

「必要があればお願いしますよ。あなたのことだから、どこへいらしてもきっといい成績を残すのでしょうね。でも、北海道となるとずいぶんと不便じゃないですか。わたしは行ったことがないんでよくわからないですけれど」

片倉は、北海道のどこかと訊ねておきながら札幌《さっぽろ》と旭川《あさひかわ》、函館《はこだて》くらいしか地名を知らないという。

「南神居町というところです」

「聞いたことないですね。そこ、電気や水道はちゃんと通ってるんですか」

亮介はもう話すのも面倒になってきた。「ないかもしれません」と答える。

片倉は、今後も定期的に電話を入れることになるが、時間帯や曜日はいつがいいかと訊ねた。

「いつでも、気の向いたときにどうぞ」

携帯を充電器に戻すと、体の内側に収めておいた怒りやかなしみが溢《あふ》れてきた。いい年をした男がふたり、電話で嫌味と負け惜しみを投げ合う姿はさぞ滑稽《こっけい》だろう。

亮介は部屋の隅を見た。鞄《かばん》がひとつ、薄いカーテンから透ける街灯の明かりに浮き上がっている。

新潟から持ってきた荷物は着替えや洗面道具が入った鞄とスーツが二着だった。単身者用のウィークリーマンションだ。

夜の底に沈み込みそうな徒労感が亮介を包んでいる。あのまま新潟にいれば、生活に困るということはないにせよ、執拗《しつよう》な監視のなかで暮らさねばならなかったろう。

つまらないことでまた、慎吾が難癖をつけ始めることも考えられる。亮介が離婚の申し立てをするまで、どんな手を使っていびり続けるか想像もつかない。

「このままでは会社が分裂してしまいます」と言ったのは片倉だった。章子が日覚めない限り、亮介の足場は失われたままだ。

なんという心細さだろう。

息をするだけの章子に、なにをどう伝えていいのかわからなかった。この十年、ふたりで大切に育ててきた会社が、章子と自分の知らぬ方向へと導かれている。章子がいなければ、亮介には帰るところもないのだ。

音信の途絶えている兄や弟にとっても、亮介はこの世にいないも同じ存在だ。東京のホテル火災で職を失った亮介が郷里に戻った際、ふたりとも口を揃えて「あてにされるような財産はない」と言った。そんなつもりで戻ったわけではないと言ってみたところで、疑う目の光は消えなかった。それぞれの配偶者も同じ土地の女だったが、もてなしながらも兄弟たちと同じ気配を漂わせていた。ひどい疎外感を覚えたきり帰っていない。売ってもいくらにもならない山林と畑と、古い家がひとつ。兄も弟もそれらをどう分配するかでもめていた。

そのときその場所で精いっぱい生きてきたつもりだった。積み上げてきたものが、ある日突然達磨《だるま》落としにでも遭ったように消えてしまうことも亮介に与えられた運命なのか。薄暗い部屋の隅に向かって、ちいさく妻の名前を呼んだ。どこからも、誰からも、なにも返ってこなかった。

まだ春風が冷たい土地に降り立った。初めての北海道は、その空気の乾きかたと空と緑しかない景色のせいか、唐突に国外に出てしまったような気分になった。

「パラディーゾ　カムイヒルズ」は、羽田《はねだ》から九十分、新千歳空港から車で十五分がうたい文句だった。パンフレットには距離数が書かれていない。記入漏れではなく、意図的に記されていないのだ。ターゲットは首都圏にいる「北海道に別荘を持ちたい、あるいはセカンドハウスとしてゴルフやスキーの拠点にすべく空港の近くに手頃な物件を探している」富裕層だと言われてやってきた。

移動にかかる大まかな時間しか表記されていないことは、不動産広告の法律に抵触しないのかどうか、会社もそこには触れない。それでも、三百万円か五百万円で北海道にセカンドハウスが持てることを前面に押し出した広告に魅力を感じる層はあるだろう。パンフレットにある多少の不親切は、景色がカバーしてくれると会社は考えているらしい。

契約しているレンタカーは見学客の送迎用で、八人乗りのワゴン車だった。手続きを済ませ、カーナビをセットして広い道路へと出る。矢印の示す方向には信号も対向車も見えなかった。まっすぐに延びたアスファルトに、引かれたばかりの白線がまぶしい。カーナビの画面はほとんどがグレーで、道路以外の表示がない。まるで空に向かって走っているようだ。パンフレットのうたい文句を思いだす。

この雄大なパノラマを、どうぞあなたのものに――。

緩やかな起伏を繰り返す道を、ひたすら走る。沿道にはパンフレットに躍る惹句《じゃっく》をまるごと信じたくなるような緑の景色が広がる。亮介の仕事は、問い合わせへの応対と見学希望者の現地案内だ。これならば天気さえ良ければ、ひと夏を待たずに完売できるかもしれないと思えてきた。

道の突き当たりに湖が見えた。カーナビの指示は突き当たりで右折だ。道路標識を見ると、左折すれば「カムイ温泉」がある。パンフレットにあった「近隣に温泉施設多数」というのは、湖の向こう岸に見える数軒の建物のことだろうか。

右折後、湖沿いに続く道路を二百メートルほどゆくと、コンビニエンスストアのような建物があった。営業時間は朝七時から夜七時まで。煉瓦《れんが》風のサイディングで、一階が店舗、二階が住宅になっているようだ。駐車場に「イクノマート」のロゴが入った軽四ワゴン車が停まっていた。個人商店らしい。流行《はや》っている気配もなければＡＴＭもなかった。店の壁には飲み物の自動販売機がずらりと並んでいた。

カーナビの音声が「パラディーゾ　カムイヒルズ」に到着したことを告げていた。辺りを見回すと坂道の入り口に、雑草に埋もれるようにして矢印を斜め上に向けている看板がある。春先でこの丈だと、今のうちに草刈りをしておかなければ夏場は大変なことになりそうだ。亮介は坂道を見上げた。

ヒルズ――。

たしかに、湖を見下ろす小高い場所に白っぽい建物が建っている。カーナビも矢印の先を坂の上に合わせている。亮介は汗で湿ったハンドルを握ったまま、湖畔を見下ろす場所に建つ白い建物を見た。緑に包まれた楽園。息を呑《の》む絶景。「ヒルズ」とつぶやいた。建物に続く坂道は簡易舗装のため、亀裂という亀裂から草が生えていた。

いっそ砂利道のほうがここまで貧相に見えないだろう。坂の上の建物まで三十メートルはありそうだ。斜度はスキー場でいうなら上級コースだった。

まず行ってみないことには。そろそろと坂を上り始める。バックミラーには湖しか映っていなかった。

坂を上りきり、建物の前にある駐車スペースで車を停めた。ひとつ息を吐き、運転席を出る。湿った森のにおいが肺になだれ込んでくる。建物は坂の下から見たときよりずっと古い気配だ。これが「残り六戸」をうたう人気のリゾート型マンションとは。車が一台も停まっていない駐車場は坂道と同じく舗装に亀裂が入り、そこかしこに妙に背丈のあるタンポポが生えていた。

亮介は車にとって返した。鞄から、会社から渡された「パラディーゾ　カムイヒルズ」のパンフレットと鍵の束を出す。パンフレットにある建物と目の前にあるものが同じ物件とはとても思えない。各部屋や管理用の鍵の束をよくよく見てみると、二重ロックがあたりまえの現在にあって、それらはひどく古いかたちをしていた。マンション業界がどういうことになっているのかは不勉強だったかもしれないが、セキュリティがすべてといわれる昨今、こんな旧式の鍵を使っている新築マンションなどない。スーツの胸ポケットから携帯電話を抜き、販売部の人間に連絡を取った。

「今、現地に着いたところなんですが、伺っていた物件とはちょっと趣が違うようなんです。どうも、あと六戸で完売という感じではないんですよ」

電話の向こうから、のんびりとした声が返ってきた。

「うちの会社の割り当てが六戸で完売っていう意味ですよ。そんなに慌てるくらい荒れてるんですか」

「荒れてるもなにも、人が入っている気配がないんですよ。うちの会社の割り当てが六戸って、どういう意味ですか」

「とりあえずこの夏に六戸売れば、次の工事をする運転資金が捻出できて、無事に伊澤さんへの報酬も出るってわけです。ひと冬放置されてたはずだから、見学者が来る前にしっかり風を通しておいてください」

亮介は「すみませんが」と前置きして、訊ねた。

「ここは、いったいどういう物件なんでしょうか。詳しく現地の勉強をしなかったわたしが悪いのでしょうが、正直、ちょっと驚いています」

建物の正面にこそ湖水と青空が広がっているが、それも一階十戸に坂道の幅を足したぶんだ。たしかに「プライベートパノラマ」に違いないが、湖までの斜面は雑草しか生えていない。左右はすでに葉が茂って黒々とした森になっていた。山の斜面を切り取ったリゾートマンションは、まるで廃墟だ。亮介は見たままを上司に伝えた。おおきなため息がひとつ聞こえる。

「そこね、去年は別の販売会社が持ってたんですよ。半年間広告かけたけれど、結局入居者が見つからなくてね。なんせ、雪のない時期しか使い物にならないっていうし。販売会社は管理人も兼ねて常駐のかたちを取るんだけど、そこを丸投げだから、正直な話、夏までにひとつでも売れればウチのほうはなんとかペイするんです」

彼は声をひそめて、来年の夏は別の販売会社に流すのだと言った。客が文句を言う先を少しでも薄めるためだという。亮介は「詐欺じゃないですか」という言葉を必死で呑み込んだ。

「売りながら改修工事をするしかないんですよ。もともとは一階十戸が七階で、七十戸。そのうち工事が済んでるのが六戸で、三戸はぶち抜いてひと部屋にリノベーションしてあるはずです。比較的傷みの少ないところから手をつけたって聞いてるから、まず建物に風だけ通して、いつでも見学できるようにしておいてくださいよ。予定どおり週末から広告打ちますから、準備のほうよろしく」

改修工事が済んでいる六戸をまず販売――。

もう一度建物を見上げた。

「失礼ですが、工事はいつ入ったんですか」

「五年前、いや、七年だったかな。鍵にマジックで赤いマークがついてるの、あるでしょう。それは建てた当時に売れてる部屋なんです。ただ、バブルの後で行方《ゆくえ》くらましてたり、転売先不明だったりっていうヤツだから手をつけられないんです」

「築二十年、総リノベーション、これが夢のリゾートマンション、ですか」

あっさりと「そうそう」と返ってくる。バブル時代に建てられた投資物件。今度は亮介が息を吐く。

「じゃあ、よろしく頼みます」と通話が切れた。

七十数個の鍵を束ねたリングがずっしりと右手にぶら下がっている。よく見ると持ち手の部分にマジックで赤い×が入った鍵が混じっていた。ざっと数えて二十個ほどだ。

建物を見上げた。白いはずの外壁は、雨垂れで窓の幅に黒い縦筋が入っている。玄関周りの枯葉や窓の曇りをなんとかしなくては。ひとまず「一階入り口ドア」の鍵を探す。

ロックを外した自動扉を手で左右に広げた。二重になってはいるものの扉と扉のあいだにエントランスと呼べるほどの広さはなかった。管理人室の窓には内側からすすけたカーテンが引かれている。外観から覚悟をしていたほど廊下や壁に目立った汚れはなかったが、塩素系のにおいが鼻を突いた。改修時よほどの消毒を施さねばならなかった物件ということだ。

長い廊下の左側にドアが並んでいた。すべての部屋が湖側を向いている。建物の裏側は頭より少し高い場所にサイコロ形のデザイン硝子《ガラス》がはめ込まれていた。明かり取りがあるわりに廊下は薄暗い。窓と窓の間に、ガス灯を模した照明器具が取り付けられていた。

急いで玄関脇の管理人室の前に戻り、ドアノブをまわす。鍵は開いている。中は六畳一間ほどの洋室になっており、除雪の道具やショベル、竹箒《たけぼうき》と大型の掃除機、モップやバケツといった掃除道具で占められていた。

亮介は各階の電源スイッチを入れて、慌てて切った。部屋の点検をしてからでなくては、どこが火元になるかわからない。空室案内用のファイルを片手に、改修済みとなっている一階の一〇七号室を開けた。

ここでも消毒薬のにおいが鼻を突いた。急いで窓を開ける。滑り出し窓だが、ひどく重い。外の空気を入れ、部屋の内部を見回した。六畳一間に畳一枚ぶんの台所があり、台所の裏側がユニットバス・トイレだ。部屋には貼り替えた壁紙や接着剤、水回りの配管から上がってくるにおいがこもっていた。

台所の熱源は、久しく見たことのない蚊取り線香型の電熱式だ。スイッチもタイアル回転式。シンクに取り付けられた水道の蛇口は今どき赤と青のプラスチック製だ。

バス・トイレは、地価の高い都心のビジネスホテルを思わせる狭さ。洗濯機設置用のパンの隣に、丸い貯水型ボイラーがある。とにかくなにもかもが古めかしい。都心のワンルーム・マンション建設が盛んだったころを思いだす。防災面の強化で火の気のない物件が主流になり始めた時代だ。

古い、と思いながら亮介は「パラディーゾ　カムイヒルズ」が建てられたのが二十年前である事実を思いだす。二十年という時間の、長さがうまく理解できなかった。すでに元号は昭和ではなくなっていたはずだが、それも実感を伴わない認識だ。

子供を持たないというのは、こういうことかと考えた。脳裏に、出会ったころの章子の顔が浮かんだ。ひとり息子を育て会社を育ててきた彼女は、それまで亮介とはまったく違う時間を生きていたのではないかと思った。

今さら結婚することもあるまいという周囲の意見を無視して亮介を夫に迎えたことも、彼女の時間の流れの中ではなんの矛盾も葛藤もなかったのではないか。時間の貴さを知っている女の決断を思うと、多少の強引さもすんなりと胸に落ちてくる。

派手なことはなにひとつ好まなかった章子が、たった一度のことだから新婚旅行をしてみたいと言ったことも、亮介のさびしさを誘った。

——特別遠くに行かなくてもいいの。豪華な食事も要らない。ほんの少し、生まれた街を離れる理由が仕事以外なら、それでいい。

——行きたいところをリストアップしてくれれば、僕が組み立てますよ。

ふたりが三泊四日の休暇を取って向かったのは、鳥取砂丘だった。海と砂と空を眺めながら過ごす時間が章子にとってどれだけ尊いことだったのか、亮介は未だなにも彼女のことを理解していなかった自分に気づいて愕然《がくぜん》とする。

亮介は振り返り、大理石調のプラスチック洗面台に取り付けられた鏡を見た。二十年前というと、亮介が神保町《じんぼうちょう》のホテルでレストラン部を任されたころだ。同期入社の人間は数えるほどしかいなくなっていた。

まだ、より収入の良い仕事へと簡単に転職できる時代だった。女とも自由につきあった。自分にも相手にも、常に「替え」がいた。周囲にはなんのあとくされもない関係ばかりが転がっていた。本気になった者が脱落してゆく。誰もそれを疑っていないように見えた。

鏡に映った自分の顔を見る。年を取っているはずなのに、老いたという気はまったくしなかった。

手のひらで頬をこすってみる。確かに自分なのに、鏡が嘘を吐いているような気がする。老いている実感など、言葉の上と疲労の折々だけで、自分は実のところまったく加齢という自覚がないまま生きてきたのではないか。

東京で職を失うきっかけになったホテル火災の日を思いだす。火元はボイラー室だった。全館のスプリンクラーが作動しなかった。会社は電気系統の点検を怠っていた。シフト遅出の朝、亮介は火炎に包まれた宿泊客が六階の窓から落ちてくるのを見た。窓枠で手を振って助けを求める客に、近づくことができないはしご車。悲鳴とサイレン。それまで疑うことのなかったものが簡単に崩れ落ちてゆく光景から、十年以上経っていた。責任を問われマスコミから追いかけられていた社長が公判がまだ終わらぬなか病死して、補償問題も時代という庭に放り出された。

亮介はこのまま自覚もなく老いてゆくことの恐怖に摑まれた。床に落ちた視線を精いっぱい上へと持ち上げる。鏡に映っているものを見て改めて、この恐怖は老いてゆくことではなく、今現在老いていることへ向けられているのだと思った。じりじりと人生の縁へと追い込まれてゆく亮介の景色の中には、自分が作り上げたもの――家庭や子供といった――ままならないながらも確実に自分から巣立ってゆくものがなかった。自分と同じように、時間をかけて消えるか淘汰されてゆくものしかないのだった。

部屋の窓、ドアや扉をすべて開けて廊下に出る。管理人室の裏側にある階段を使って二階へ上がった。塩素臭は変わりなかった。改修済みの部屋は壁を抜いてふたつの部屋を無理やりひとつにしたために、水回りの裏側がすべて通路と収納といういびつな造りになっていた。

取り払った台所の部分だけが板の間という、使い途《みち》のわからないスペースもある。ここもやはり薬品のにおいがきつい。急いで窓を開けなければ喉や気管がやられそうだ。ふすまやドアを開け続ける。一階ごと交互に、ぶち抜き部屋と格安ワンルームになっている。三百万と五百万の違いは、部屋の広さなのだった。

七階が手つかずなのは、鍵にすべて赤いマジックで印が付いているからだ。日が陰り始めていた。昼飯を食べていなかったが空腹感はない。六階の窓から湖を見下ろした。建物の肩幅ぶんしかない「絶景」を視界に入れる。もう、誰がなんのためにここを楽園と名付けたのか考えることをやめた。

すべての部屋の電気系統を点検するのはもう一日かかる。電源を入れるのは明日の仕事になりそうだった。

ホテルマン時代、昇進のために取ったボイラー管理の免許がおかしなところで役に立った。改めて考えると、管理資格が採用の決め手だったように思えてくる。それしか旨《うま》みのない人材ということだ。

亮介はモバイルを使ってカムイ温泉の宿を検索した。とりあえずいちばん安い「福寿荘《ふくじゅそう》」に電話をかけ、予約を済ませた。日があるうちしか動けないのでは、とても仕事にならない。会社は清掃を外注する気も予算もないようだ。地形を考えると、携帯電話が使えることをまず喜ぶべきかもしれない。

「パラディーゾ　カムイヒルズ」は湖を取り囲むすり鉢状の斜面にあるため、太陽が傾き湖面の輝きが失《う》せたあと、辺りは急速に夜へ向かった。亮介は戸締まりをして建物を後にした。坂を下りきったところで車を停め、建物を振り仰いだ。白く暗い建物は、山の中腹に忘れられた王冠のようだった。

カムイ温泉は、温泉街というには少々規模が足りなかった。土産物屋はシャッターを閉めてずいぶん経つようだ。

「福寿荘」を含めて温泉旅館が三軒あるが、まだシーズンには入っていないらしい。連休まではどんな観光地も似たり寄ったりだろう。地方都市はいずこも同じ問題を抱えている。大都市に寄生するには旨みが足りず、かといって独立して新しい客を呼び込むには機動力と起爆力がない。章子とふたりで商売の手を広げていたころは、そんな物件を「いざわ」に組み入れることで傲慢《ごうまん》にも「救って」いると思っていた。

六畳の和室に荷物を置いて、まずは源泉掛け流しという岩風呂に浸《つ》かった。旅先にいるという心もちを、昼間見た景色が覆ってゆく。一日の出来事を思いだすのが面倒になると同時に、ここを旅先と思うのは間違いとも思った。岩にあいた穴から、お湯が流れ落ちてくるのを見ていると、軽くのぼせた。羽田空港のカフェで午前十時にサンドイッチを食べたきり、なにも腹に入れていなかった。

糊《のり》のきいた浴衣《ゆかた》に袖を通すと、不覚にも腹が鳴った。廊下ですれ違うのは従業員ばかりで亮介のほかに宿泊客がいるのかどうかわからない。けれど少なくともここは客を待っている建物のにおいがした。絶えず人が動いている空間が旅館の柱となって屋根を支えている。「パラディーゾ　カムイヒルズ」にはこの空気がなかった。建物に命を吹き込むのは電気や水だけではないのだろう。

宿泊部屋の前まで戻ったところで、六十代とおぼしき女将《おかみ》が声をかけてきた。ここでは旅館の女主《おんなあるじ》もエプロン姿だ。

「伊澤様、お食事の用意ができておりますので、一階の食堂へどうぞ」

礼を言って女将についてゆく。廊下は古い材質だがしっかり磨き込まれている。亮介は彼女の背中に向かって訊ねた。

「湖を挟んで向こう側のマンションは、土地の人は誰も買わなかったんですか」

女将が驚いた顔で振り向いた。

「あのマンションのご関係で来られたんですか」

「いや、ちょっと見かけたものだから、なんとなく」

女将の表情に訝《いぶか》しげなものを感じ取って、咄嗟《とっさ》に嘘が口を突いて出た。彼女は少し間を置いて「あれはひどい時代でしたねぇ」とつぶやいた。

「あの山ひとつくらい、当時は内地の人の小遣い程度で買えたんでしょうけどね。あんなものを建てたはいいけど、結局今は誰のものだかわからないっていう話です。出来上がるまでに何度も施工業者が替わった、粗悪品ですよ」

「粗悪品、ですか」

「最初の半分まで値段が下がったころに見学に来た関東の人が言ってました。とんでもないものを掴まされるところだったって。ものすごく天井が低いっていう話ですよ。本当だったら五階建てくらいしかないところを七階建てにしてあるんだそうです。在《あ》れば在るだけ売れると思うのは、都会の人の勘違いですよ。みんな田舎を馬鹿にしてたんでしょうねぇ」

明日の朝食は和食と洋食のどちらがいいかと訊ねられ、とりあえずメニューを訊ねた。

「ベーコンエッグとサラダとスープはどっちも同じです。食後はコーヒーもついてます。ご飯とパン、どちらがお好みですか」

悪びれた様子もなく微笑んでいる。「洋食で」と答えた。都会の人の勘違い、という言葉がしばらく耳の奥で響いていた。章子も似たようなことを言っていたのを思いだした。

「東京には東京のやり方、わたしにはわたしのやり方があるの」

いったい章子は何と闘っていたのか。目を覚ましたときにそばに亮介がいないことを、どう思うだろう。それよりも、夫が会社を追われたことを誰が彼女に報せるのか。

目覚める確率が一割もないという言葉を思いだし、奥歯に力が入った。

テーブルに着くと焼き魚と煮物、漬け物と味噌汁《みそしる》が並んだ盆が、頼んだビールと一緒に届いた。手酌で注いだビールを飲む。昼間の疲れが少量のアルコールに運ばれ全身に行き渡った。四人掛けのテーブルがざっと見て十セット。湖畔の旅館が満室になるのは、すり鉢状の斜面に紅葉が美しい時季だろう。それも二十年間、対岸にある「パラディーゾ　カムイヒルズ」に景観を損なわれ続けている。

二十年、と改めてその長さを考える。年月が自分の送ってきた時間だけで計ることの難しいものだとしたら、あの建物もまた同じだ。二十年のあいだ誰に住まわれることもなく、誰の記憶も潤すことなくたらい回しになっている。

少し硬めのご飯と一緒に、冷えた焼き魚を口に入れた。厨房《ちゅうぼう》のあたりから話し声が聞こえる。「福寿荘」の女将が使う言葉の抑揚《よくよう》が、ここが新潟でも東京でもないことを教えた。

4　東京・紗希

「ダイアモンド」も四月に入ってからずいぶんとホステスが入れ替わった。もっとも、二百五十人が同じ日に出てくるということはないので、いつの間にか見えなくなっている顔や、お互いの存在に気づかないままということも多い。

　それでも評判になる子たちの、どういういきさつで「ダイアモンド」に勤めることになったかという話は、本人がよほど隠してでもいない限り一週間ほどで皆に知れる。最初から隠そうとする女の子は働く期間も短い。

「白川紗希さんですよね」と話しかけてきた新人ホステスが、女優志望ということは今までもよくあった。もう廃業したことを告げると、理由を訊ねてくる子と黙り込む子に分かれる。訊ねられたときに「クビになったの」と言える程度に、傷も回復していた。

　無理やりにでも浮上せざるを得なかった。東京で生活し続けることが新たな日標に変わっている。細々とでも芸能界で生き残るという慎ましい夢を失い、今まで目を逸《そ》らしていられたこれからの「生活」や不確かな「将来」が露《あら》わになった。

仕事を終えて駅に向かう。終電に駆け込もうと走る人々の肩に二度ぶつかったとき、立ち止まった。

あと数歩で改札だ。ぶつかるだけでは済まなくなり、どんどんその場から押し退《の》けられた。左右に体が揺れる。早く改札を抜けなくては終電に間に合わない。あと数歩が進めなかった。

改札へ駆け込む人の背中もなくなり、閑散とし始めた駅を出た。まだ夜は続いている。昼間も夜中も、風は初夏のにおいに変わっていた。

北海道から出てきたころは空気が悪いと思った街も、十年住めば飲食店の軒先ごとに変わるにおいを嗅《か》ぎ分けられるようになっている。街全体が浜風とミール臭さに包まれていた故郷とは違う。

毎年事務所に撮ってもらっていたスチール写真入りの年賀状も、今は北海道宛てのものは一枚もなかった。報告する近況もなくなっている。ときおり心がぐらつくことはあっても、田舎に帰ろうという気持ちにはなれなかった。今よりずっと屈辱的な日々が待っているような気がするのだ。

一年も保《も》たずに東京に舞い戻ってくる元タレントが多いのも、故郷の視線に耐えられないからだ。幾ばくかの「恥」が残っているうちは、決して戻ってはいけない。他人の目を気にしない己の見極めは、いったいどこでつければいいのだろう。ため息を吐いて見上げた空に、星はなかった。

夜の街を歩き始めて、はき慣れたローヒールのかかとのあたりが痛くなってきたころ、目的地に着いた。腕の時計は午前一時になろうとしている。

「人形の家」

扉の横に表札大の行灯《あんどん》があって、明かりに浮かぶ手書きの店名を見なければそこがバーだとは誰も気づかない。常連に支えられている店のたたずまいに、少し気後れしながら扉を引いた。

「いらっしゃいませ」

カウンターの中から、和服姿のママが微笑んだ。紗希が上京してから数年後に事務所を去った以知子《いちこ》の店だった。紗希と違っていたのは、彼女にはパトロンがいたということ。女優に軸足を置いていた以知子は、数本の極道映画に出演して、シリーズ完結とともに業界を去った。パトロンは当時知り合った助監督だが、二年前に撮ったホラー映画がヒットして監督として名前が売れ始めている。

「人形の家」はイプセンから取ったのかと物知り顔で訊いてくる客には「弘田三枝子《ひろたみえこ》のヒット曲ですよ」と笑う。極道映画の姐《ねえ》さんさながらの和服姿を見にやってくる、その筋の客もいると聞いた。

「あら、紗希ちゃん」

ご無沙汰していますと頭を下げた。コの字型のカウンターは一辺に三席、客はぎゅうぎゅう詰めでも九人まで。右端のスツールに腰掛けているのは業界人のようだ。いつか週刊誌で見たことがあるが、名前を思いだせない。当時売り出し中の女優かモデルと一緒のところを撮られたのではなかったか。紗希が腰掛けたところで、男は店を出ていった。

「ほんとにご無沙汰だったわね」

カウンターを挟んで以知子がおしぼりを広げる。受け取って両手を温めた。以知子の声は今も腹から出ているようだ。声の一音一音に張りがある。カシスソーダを頼んだ。カウンターの奥に下がった長い暖簾の向こうから、氷を砕く音がした。

「元気にしてた？　どうしてるかなって思ってた矢先だったの」

「おかげさまで、なんとか」

「紗希ちゃん、まだ『ダイアモンド』にいるの」

以知子の語尾が上がった。うなずいた。今、店を辞めることはできない。本業が忙しくなったら笑顔で辞める予定も、根底からくずれてしまった。

「紗希ちゃんの実家はどっちだったっけ」

「北海道です。北海道の釧路」

以知子はひとつ息を吐いた。

「釧路か、遠いね」

暖簾が揺れて、バーテンダーがカシスソーダを以知子に渡した。グラスは流れるような仕草でコースターの上に置かれた。

ひとくち飲む。「ダイアモンド」で出てくるものとは味も色も違う。甘いだけではない、酒の味がする。以知子が自分のグラスに水を注ぎ入れた。

「このあいだ珍しい人が来たの」

香月《かづき》ひとみを覚えているかと問われ、うなずいた。アイドルでデビューしたが二曲出して演歌に転向したあと、移籍先のプロダクションで大麻事件に巻き込まれて引退した。アイドルの最後は、煙のように消えるか花火のように散るか、脱いで終わるか汚名を着るか、事務所の方針や本人の懐《ふところ》具合によってもずいぶん違う。香月ひとみは、一瞬芸能雑誌に咲いたあと、すっぱりと業界を去ったはずだ。

「あの子、仙台《せんだい》に戻って四年くらい経ってたんじゃないかな。親がやってた居酒屋を手伝ってたんだけど、震災の復興支援がどうのっていうんで担ぎ出された途端に昔のことを蒸し返されて、結局また東京に戻ってきたのよ。支援団体だかなんだか知らないけど、罪なことをするもんだ」

「香月さん、こっちに戻ってきてどうされてるんですか」

以知子は着物の襟を開く仕草をしたあと「こっちのお仕事よ」と言った。頼った先が元アイドルに振った仕事は企画物のＡＶだった。

「結局本人にまだ未練があったのよ、こっちの暮らし。妙なところで火がついて、手っ取り早く名前が出るのがアレだったたってわけ。本人が好きでやってるなら、わたしはなにも言わないけどどね」

以知子はグラスについた口紅を指先で拭《ふ》いて胸元の懐紙をつまんだ。紗希がカシスソーダをひとくち飲んだところで「紗希ちゃん」と声を落とした。

「これが、あんたたちがやってきた東京よ。ここは誰にとっても同じ街じゃないから。夢をみるには年を取りすぎてることや、見切りをつけるには若すぎるってこと、しっかり自覚してから次の場所へ行きなさい。じゃないと、換えのきくところにばかり足が向いて、その足下を見るやつが放っておかない。欲には欲が寄ってくるものなの」

以知子は紗希のことを「いい意味で田舎者」だと言った。紗希は笑って応えたが、残念ながらその言葉の意味をはっきりとは理解できなかった。曖昧な笑顔だけが残り、会話が途切れた。

「人形の家」を出たあとは、これからどこへ向かえばいいのかわからなくなった。

遅くても午前二時までにパックを終えて眠らないと――。

肌が荒れてしまう――。

毎日の習慣を守ろうとしてローションの瓶まで頭に浮かぶのに、自分の部屋がどこにあるのか思いだせない。カシスソーダ一杯で酔ったろうか。

通りの明かりの下で、以知子の言葉を繰り返し思いだした。いい意味も悪い意味もなく、自分は結局ただの田舎者でしかなかったのかもしれない。香月ひとみが堕《お》ちてゆく先を、それほどひどい場所だとも思えずにいる。ふとした瞬間に自分も、と思い首を横に振った。

三十は熟女扱いだ。ここから先をメジャーでやってゆくには、後戻りのきかない話題を作るしかないのだ。そしてそんな話が自分にやってくることはない。使い捨て、という言葉を恐れながらがんばってきたけれど、いっときでも使われたのなら悔いはなかっただろう。紗希には捨てられて悔しいくらいの場所に、いた記憶がなかった。

部屋に戻らねばならないのにそうすることができない。明かりを点けた途端に目に飛び込んでくる、壁のスチール写真やポスターを見るのが嫌だった。重い体に春の夜風を溜《た》めて、眠る前にすべて剝《は》がそうと決めた。紗希はバッグを肩にかけ直し、歩き始めた。

翌朝はいつもどおり目覚めた。眠りが浅かったのかどうか、起き抜けのミネラルウォーターを飲みながら考えている。壁や棚にあった「白川紗希」の残骸《ざんがい》はすべてなくなっていた。帰宅して一時間ほどで、すべての写真と掲載誌、ポスターが、紙袋ふたつに収まった。真夜中、十年分の「白川紗希」がたったふたつの紙袋に入ったのを見て、数秒笑い数分泣いた。いつもどおりシャワーを浴びて眠るころ、明日をどんな気持ちで迎えるのかと考えた。いざ目覚めてみれば、なにもない壁と朝と、昨日と同じ自分がいる。

ミネラルウォーターのペットボトルを冷蔵庫に戻した。二リットル入りを二日で飲みきる自分との約束ごとも、崩れずにある。いつもと同じ動きを繰り返していると、もうこの一連の動きから逃れられないのではと思えてくる。

冬場の水着撮影でも風邪をひかなかったのは、己に課した生活習慣を守り続けていたからだ。はっとして背筋を伸ばした。そのすぐ後で、今日からの「白川紗希」にはなんの足しにもならない戒めだということに気づいてしまった。

窓の外を、パトカーのサイレンが通り過ぎた。レースのカーテンの向こうは、通り一本を隔てて同じような造りの賃貸マンションだ。向こうからも、同じような景色しか見えないのだと思ったとき、唐突に「引っ越そう」という考えが浮かんだ。

鬱々としたまま下ってゆく一方だった思考に、いっとき光がさす。吉田《よしだ》秋生《あきみ》のコミック本が並んだ本棚の端から、名刺フォルダーを出した。

伊澤亮介――。あった。最近もらった名刺のなかで、唯一不動産関係の営業社員だった。五十を過ぎてからの転職だと言っていた。好色さの薄い、包容力を感じさせるひとだった。北海道の物件を任されたと言っていなかったろうか。不動産を扱っているのなら、都内の物件もなんとかなるかもしれない。

紗希は食事とシャワーのあと伊澤亮介の名刺をフォルダーから引き抜き、記された携帯番号を押した。

「はい、東都リバブルの伊澤です」

「ダイアモンド」にやってきたときよりも若々しい声に戸惑いながら、来店した日時と名前を告げた。

「すみません、突然お電話してしまって」

「いいえ、構いませんよ。なにかございましたか」

部屋を移りたくて、と告げると伊澤は「あぁ」と語尾を伸ばした。

「今、実は北海道にいるんです。ご希望の場所や広さとご予算はお決まりですか。見学は都内の担当に申しつけますので、わたしで良ければ遠慮なくおっしゃってください」

「あ、いいんです、今すぐっていうわけじゃないので」

考えてみれば、来店の際に北海道へ赴任すると聞いたのだった。タレント廃業を言い渡された日の最初の客だったことまで思いだし、急にさびしくなった。

「伊澤さん、南神居とおっしゃってましたよね」

「いざ来てみると驚くことばかりです」

なにに驚いたのかと問うてみた。「人がいないんです」という言葉に思わず吹き出した。

「部屋数七十戸近いマンションに、わたしひとり。夜中に聞こえるのは、人間以外のものが動き回る音なんです」

「全部売らないといけないんですか」

「リゾートマンションなので、すでに持ち主のいる部屋もあります。わたしのノルマは秋までに六戸なんですが、どうなることか」

「見学もできるんでしょうか」

「ええ、もちろん。もしも、こちらにいらっしゃることがあったら、見学だけでもどうぞ」

「そっちはまだ桜も咲いていないんですよね」

「そうなんですよ。朝晩は、ちょっと信じられないくらい気温が下がりますし、桜は連休あたりのようです」

「わたしの生まれた土地は連休が終わってから、五月後半に咲くんです」

「この気温だと、なるほどと思いますよ」

しばらく千島桜《ちしまざくら》の濃いピンクを見ていなかった。生まれ育った街に多いのはソメイヨシノより千島桜だ。東京の桜は花だけ先に咲き誇るが、北の桜は葉陰で咲くので印象が暗い。

「たまに、帰ってみようかな」言ってしまってから、自分の言葉に驚いた。

仕事のことを訊かれて答えるのが億劫《おっくう》なのは、自分だけじゃない。父も母も、周りに娘のことをあれこれと訊ねられるのは嫌だろう。帰りたいとか帰りたくないとか、そんなことを思う前にまず、帰ったあとの煩わしさが先に立つ。

地元から美少女タレント誕生――。

白川紗希さん、地元初のアイドル目指して上京――。

そんな見出しが躍った地方紙の切り抜きを、後生大事に持っている母になんと言おう。嘘を維持するためには新たな嘘が必要だ。ポスターを外した場所が、壁からうっすらと浮き上がって見えた。煙草を吸うわけでもないのに、知らぬ間に壁紙の色が変化している。改めて十年という長さを振り返った。

「北海道に戻られるときは、ご連絡ください。千歳空港までお迎えに上がります。いつでも立ち寄ってください。日程が事前にわかれば、わたしも休みを入れずにおきますし」

「お休みは決まっていらっしゃるんですか」

「今のところ、見学者がいない日を充《あ》ててます。ときどき新潟に戻ることにしているので」

そうだった。新潟で飲食店をしていたが、妻の後ろ盾がなくなり会社を追い出されたと言っていた。

「新潟にはどんなご用事で」

立ち入りすぎたと思った矢先、伊澤が「妻の様子を見に帰らなければならないので」と答えた。熟年離婚ではなかったのか。いつの間にか紗希は、哀れな男の情報を待っていた。

「奥様、どうかされたんですか」

「三月に事故に遭って、まだ意識が戻らないんです」

「すみません、立ち入ったことを訊いてしまって」想像しているよりずっと重たい話だったことに慌てた。対して伊澤は紗希のぶしつけな問いに、逆に恐縮しているふうだ。

「いや、こちらこそ辛気《しんき》くさい話ですみません。お部屋のご希望、もうお決まりでしたら伺いますよ」

少し考えてまた連絡することを告げた。

意識が戻らない妻を新潟に置いて、東京で勤め先を見つけたはいいが、北海道でマンションを売る羽目になった男。意に反して流れてゆく男の状況は、ひとつところから動かずにいたにもかかわらず結局は夢に取り残されてしまった自分と、どう違うのだろう。通話を終えると胸に、自分では止めることのできない強風が吹き寄せた。

伊澤の名刺をフォルダーに戻そうとしてやめた。バッグから財布を取り出し、ポイントカードのいちばん手前に差し込む。電話をかける前にあった「引っ越そう」という思いは、男の現在を知ることでうやむやになった。伊澤亮介は、我こそどん底にいると思っていた紗希の、からっぽの景色に滑り込んできた極上の「不幸」だった。

近所のコンビニでヨーグルトと牛乳を買い、冷蔵庫に入れた。日焼けは厳禁、という戒めからはまだ解放されていない。出がけには指先まで紫外線カットのクリームを塗った。無心に塗り終えてから、その行動にうんざりする。

午後三時、出勤の準備を整えていたところへ元マネージャーから電話が入った。

まだ彼の名が携帯の電話帳に残っていることも忌々《いまいま》しかったが、それを消さない自分への嫌悪が先に立つ。

「紗希ちゃぁん、元気にしてた？」

「おかげさまで」

「いやだ、そんな不機嫌そうな声出さないでよ。用件を言いづらくなっちゃうじゃないの。悪い話じゃないんだから、もっと朗らかにしてよ、ねぇ」

「不機嫌なんかじゃないです」

今度はいったい何を言い出すのか警戒しているだけだ。こんな気配で始まる会話が良いものだったためしはない。そんなことは充分わかっていたはずだ。なのに、つい最近までマネージャーからの連絡に一喜一憂していた。悔しいほどに覚えている。このナンバーが白川紗希の命綱だった日々は消すことができない。マネージャーは急にしんみりした声になり「ブログ、やめちゃったのね」と言った。

「なんだか『廃業が決まりました。今まで応援してくださったみなさまに、心から感謝申し上げます』っていうのを見たとき、涙出ちゃった、アタシ。ファンのみんなの悲しそうな書き込み読んで、本気で泣いたわよ」

廃業宣言のあとは一切自分のブログを開いていなかった。携帯でも見ない。わざわざ落ち込むような原因を自分でつくることはないのだ。書き込みなど週にひとつあれば良いほうだった。そんなタレントブログに、誰が悲しそうな書き込みをするだろう。紗希の廃業は、誰に羨《うらや》ましがられも悲しまれもしない。

「勝手に閉めてすみませんでした。あれ以降、開いてないんです。じきに削除します」

「そんなぶっきらぼうな。紗希ちゃぁん、お願いだから機嫌直してちょうだいよ」

不機嫌なわけではないと言おうとしたところへ、更に言葉が追いかけてくる。

「いい報せなのよ。このあいだのオーディションのプロデューサー、覚えてる？」

「桐生《きりゅう》さんでしたか」

紗希が課題の「無理して微笑む」演技を終えた際に、「なんだよ。見てくれがいいだけのダイコンじゃねぇか」と言ったのが桐生だった。そうした言葉を使って、応募してきた者の気持ちを逆撫《さかな》でするプロデューサーだと聞いていたので、なにも言い返さなかった。挑発に乗ったら負けと思った。乗らなかったのに、負けた。

「その桐生さんがね、もう一度紗希ちゃんの面接をしたいって言ってるのよぉ」

「面接、ですか」

「そうなの。彼ね、別のプロジェクトで北海道を舞台にした映画の話も進行中なの。その配役がなかなか決まらないって聞いて、すぐに紗希ちゃんのことが頭に浮かんじゃって」

事務所のことは気にしなくていいから、とにかく会いに行けと言う。個人で会えばトラブルになるという理由で、常に外で営業の話はしないようにと言われていた。

「この話が決まったら、もういちどチャンスをもらえるように、アタシ会社に掛け合うから。ね、会ってみて」

通話を終える間際、湿った声が耳に滑り込んできた。

「がんばってね、応援してる」

明日の午後二時に新橋《しんばし》、第一ホテル東京のラウンジ。北海道を舞台にした映画。部屋の隅に置いた紙袋を見た。ぐらつく気持ちを止められない。結果など見えているだろうという囁《ささや》きも聞こえる。

見切りをつけるには若すぎる。

以知子に言われた言葉がぐるりと頭の中を巡る。そして、夢をみるには年を取りすぎている。しっかり自覚してから次の場所へ。その、次の場所へゆく道が見つけられない。


翌日午後二時、第一ホテル東京のラウンジで桐生を待った。

ジーンズとシャツというわけにもいかない。あれこれと迷って、ピンクグレーの膝丈《ひざたけ》ワンピースに麻混の白いジャケットを羽織ってきた。絶妙な位置で干渉し合わないテーブルの配置。奥まった席に座るのは、いつもの癖だ。

指定した二時に十分遅れて、桐生がやってきた。紗希を見つけ、大げさにのけぞったあと、テーブルに向かって歩いてくる。椅子から立ち上がり、頭を下げた。

「いやぁ、忙しいところ呼び出しちゃったりして、すまなかったね。マネージャーの、なんて言ったっけ、あの極《ごく》カマ。名前忘れちゃったよ」

名字を言うと「ああ、それそれ。そいつそいつ」と長い前髪をかきあげた。眼鏡の奥に、オーディションのときと同じ値踏みする光がある。業界人が見せる気安さは危険だった。

桐生はオーダーを取りにやってきたフロア係のほうも見ず、片手を挙げてコーヒーを注文した。視線が、紗希のふくらはぎから上に上がってくる。胸元のあたりで速度を緩め、更に上へと持ち上がる。目が合った。

「次の事務所、決まってるの」

「いいえ」

「このまま消えるのはもったいないよなぁ。ねぇ、自分でもそう思うでしょう」

男の言葉が、巧妙に張りめぐらされた蜘蛛《くも》の糸になって紗希にまとわりつく。桐生の視線がもう一度、下から上へと這《は》い上がる。

「このあいだのオーディションでは、正直なところ使えないなって思ったんだよ。あの役をやるにはちょっと顔が良すぎるんだ。いくら脇役って言ったって、実績のない人間が人形みたいな顔とそこそこの演技力でスクリーンに出られる時代じゃないからさ。なにかドバンとこっちに飛び込んでくるような迫力っていうのかな、主役を食っちゃうような一瞬を俺たちは求めてるわけ。言い換えると、捨て身の演技っていうかさ」

男は数秒間をおいて、「命がけっていうのかな」とつぶやいた。

「命がけ、ですか」

「そうさ。生き馬の目を抜く世界だからね。常に動いてるし、常に年を取り続けてる。成長じゃないんだよ、この世界って。一度入ったら最後、老化しかないんだ」

そこまで言ったところで、男の視線がぐるりとラウンジを見渡した。

「で、命がけの捨て身で、なにかやる気、ある?」

「どういう意味でしょうか」

「だぁから、君が命がけで仕事をできるかどうか、訊いてるんですよ」

男の瞳に、更につよく値踏みの気配が漂った。答えたあとになにが待っているのか、想像できないほど子供じゃない。桐生は今ここで、自分と寝るかどうかはっきりしろと言っているのだ。ちょい役が欲しい人間には、そんな話はいくつもある。でも、それをチャンスとは呼ばずにやってきたのだ。チャンスはもっと違う貌《かお》をしているはずだ。堕ちてゆくきっかけと罠《わな》は無数に待ち構えている。以知子のひとことが再び紗希の耳に蘇った。

夢をみるには年を取りすぎている。

今、目の前にあるのは、夢の残骸だ。ヴィジュアル系のバンドが流行らせたライダースジャケットを着て、夢を語る男のかたちをしている。まっすぐ部屋へ行けと指示されなかったのは、マネージャーが自分の手を汚さないための予防策なのだった。

ちょい役でも、映画に出れば郷里の両親を安心させることはできるだろう。ただそれと、ホテルのラウンジで「命がけ」などという言葉を使う男を信じることはまったく別の話だ。

ふと、辺りの音がなくなった。

けれど――。ぼんやりと、頭の中に霞《かすみ》がかかった。

うなずいてしまおうか。

それが、無意識だったのかどうかはわからない。気づくと紗希は腕の時計を見ていた。男の、背もたれにあずけていた背が浮いた。

「ふざけんじゃないよ」

桐生が身を乗り出し、紗希の顔を下から覗き込んだ。思わず椅子から腰が浮いた。男の目はいつの間にか威嚇《いかく》の気配に変わっていた。

「すみません。失礼しました」

「仕事、欲しいのか欲しくないのか、はっきり言いなさいよ」

「欲しいですが、もう所属事務所がありません」

「そんなもん、俺がなんとかしてやるよ」

ひとつ大きく息を吸い込む。吸っても吸っても、酸素が入ってくる気がしない。このままでは倒れてしまう。

「すみません、ちょっと気分が。失礼します」

立ち上がり、必死で両脚を踏ん張った。出口へと足を向ける。一歩、二歩。背中で男がつぶやいた。

「よかったんじゃない？　そんなんで十年も業界のスネかじってこられて」

紗希は急いでラウンジを後にした。

少し早めだったが、どこにも寄らずに「ダイアモンド」に入った。フロア掃除もまだ全員揃ってはいないようだ。風を通している店内を横切り、ロッカールームへと上がる。まだ誰も来ていない。結局ここしか居場所がなかった。衣装部屋へ入る。ミシンの音がする。パイプハンガーに下がったドレスの間を抜けると、吉田プロが手を止めて紗希を見上げた。

「おはよう紗希ちゃん。今日は早いのね。あら、かわいいワンピース」

「吉田プロ――」笑顔に応えようと口を開くが声が出ない。どんどん視界が狭くなってゆく。ミシンの前で膝を突いた。全身の骨が内側からきしんでいる。捻《ねじ》れてきしんで、ちぎれてしまいそうだ。両目からふるふると涙が溢れてくる。

「紗希ちゃん、こっち。こっちにおいで」

よじ登るようにミシンの向こうにある丸椅子に座る。ミシンの裏側は畳一枚ほどの道具部屋になっていた。ミネラルウォーターのペットボトルが差し出された。

「飲んで。息が苦しいんでしょ。まず、お水を飲んでひと息ついて」

何度も、同じ場所で泣いている女の子たちを見てきた。そんなときは見ないふりをして衣装を選び、ロッカールームへ戻るのがルールだった。

吉田プロの椅子に座って泣いているのが自分だとは信じられない心もちなのに、それでも涙は止まらなかった。

いつかブレイクしたときのために。

そんな言葉で節制し続けていた生活や、我慢し続けているうちに夢もみなくなった恋や、真冬の水着や真夏の毛皮や、罵倒より傷つく褒め言葉、この十年に降り積もった嘘やごまかしすべてが「もう無い」ことを認めざるを得なくなった。

ペットボトルの蓋を開けようにも、両手に力が入らない。吉田プロが開けて紗希の手に戻す。水をひとくち飲んだ。苦い。もうひとくち飲む。今度は甘かった。

「わたし、がんばってきたの。生活も切り詰めて、明日こそ、次の仕事こそって思いながら、がんばって」

飲んだ水が涙と鼻水になって体から出てくる。吉田プロがティッシュの箱を紗希の膝にのせた。二枚、三枚と引き抜いて、アイメイクが落ちるのも構わず涙を拭く。

「馬鹿みたい。ほんっとに馬鹿みたい」

声を上げて泣いていると、本当に自分がかわいそうに思えてきた。かわいそう。はっきりと思った後、紗希は驚くほどの早さで悲しみから飛び退いた。

涙はまだ止まらない。吉田プロが紗希の背中をさする。紗希ちゃん、と柔らかな声が耳に滑り込んでくる。

「どこか行きたかったところはないの？　今まで我慢してきたこと、いっぱいあるでしょう。

自由になっちゃって、急に心細くなったのと違う？　ほんの少しでも東京を離れたら、またがんばれるのと違う？」

紗希が吉田プロの言葉に大きくうなずいたのは、それから三日後のことだった。

「ダイアモンド」に入り、店内を横切ってフロアの螺旋《らせん》階段を上りかけたところで、店の電話が鳴った。紗希が階段を半分もゆかぬうちに係の声が変化する。モップを持っていたフロア係が会計フロントの内側に手を伸ばし受話器を取った。

「はい、吉田典子は、当店の従業員ですが」

足を止めた。フロントを見下ろす場所で、電話の応対を聞く。

「いいえ、ホステスではないです。衣装部を任せております」

耳に「死んだ？」という言葉が入ってきた。テーブルに上げた椅子を下ろしていた者の手も止まった。

「ちょっと待ってください、上の者と替わります」

すぐにマネージャーがやってきた。店内に散っていたスタッフが仕事の手を止め遠巻きに受話器を握る彼の様子を見ている。周囲に電話の内容がわかるような応対はしない。それがかえって紗希の不安をあおった。

受話器を置いたマネージャーが、螺旋階段の中ほどにいる紗希を見上げた。フロアに戻る。

開け放した店のドアからひとつ、埃《ほこり》っぽい風が舞い込んだ。

「介護中の母親を道連れに無理心中だったそうだ。『ダイアモンド』宛てに、遺書があったらしい。これから警察へ行ってくる」

こちらを見る誰もが無表情だった。紗希はひとつうなずく。

「女の子たちには、今日のところは伏せておいて。詳しいことがわかり次第、僕から伝えるから」

承知しました、と応えて再び階段を上った。ロッカールームで若いホステスがふたり、頭を寄せて話をしている。紗希は衣装部屋の隅にあるミシンの前に立ち、主のいなくなった席をしばらくのあいだ見ていた。すんなりと胸に落ちてこない現実を、どの感情で受け止めていいのかわからない。日替わりで泣きにやってくるホステスたちは、彼女の目にどんなふうに映っていたのか。だいたい、母親の介護をしていたなどという事実を誰が知っていたのか。

指先やつま先から、次々と問いが流れ出てゆく。低いほうへ、低いほうへ。紗希の問いは答えを求めてどこまでも流れてゆきそうだった。衣装部屋には次から次へと女の子たちがやってくる。「吉田プロぉ」と甘えた声を出しては、彼女がいないミシンを見て困った顔で引き返す。

こめかみの奥に痛みが走った。回れ右をして、ハンガーに掛かっていた薄いグリーンのカクテルドレスを手に取った。

5　カムイヒルズ

連休めがけて、「パラディーゾ　カムイヒルズ」への問い合わせが三十件を数えた。亮介としては、北海道観光のついでに見学をしたいのだが、とはっきり言う客のほうが気が楽だった。三十件のうち、実際に見学までこぎ着けたのは三件。用意してあるパンフレットや現地紹介DVDは会社から大量に送られてきたが、どうやらそれも歴代の販売会社へ引き継がれているだけの、初期資料のようだ。ダイレクトメールの送付も亮介の仕事だが、名簿は首都圏に限られており、どこから入手した名簿なのかは不明だった。

資料で紹介されている時代から、すでに二十年が経っている。一戸売れれば宣伝費と亮介の分の給料が出るということだ。仮に受け持ちの六戸すべてが売れた場合、会社が受け取る中間マージンはいったいどれくらいなのだろう。

新潟で過ごした十年を振り返る場所が北海道の片隅というのが不思議だった。新潟に戻るたび、昏々《こんこん》と眠る妻の髪が白くなっていた。見舞いは亮介以外はいないという。看護師からは、弁護士の片倉がほうぼうに見舞いの断りを入れているようだと聞いた。

妻の手を握っても、なんの反応もなかった。このままいつまでも眠り続けるのか、それとも目には見えないだけで、いつか目覚めようと体の内側で変化を続けているのか。

眠り続ける章子の姿は、もの言わぬ代わりに亮介にさまざまな想像を許した。

ひとりで目覚めてひとりで眠ることを繰り返していると、脳がいっそう冷えてさまざまなことを考えるようになった。やはりこの会社は辞めようか、ひと夏というのならとりあえずひと夏過ごしてみようか。去年の販売会社も一戸も売らずにシーズンを終えたと聞けば、自分もまた、それでいいような気がしてくる。築二十年の新古物件だ。バブル景気の残骸が興味を持たれて売れること自体がおかしいのだと思えてくる。

事実、見学にやってきた客からは「ここで三百万のワンルームを買うメリットがない。札幌に行けば、もっと利便性の高い物件がある」と言われた。風呂も台所も、水回りに使われているものは、いかに首都圏の業者が現地の感覚を無視していたかがわかる安っぽさだ。そこをリノベーションできないくらい販売が苦しい物件は、すぐに足下を見られてしまう。

「ここ、百万でも無理だと思いますよ」と言ったのは素人の見学客ではなく、このままだと来年「パラディーゾ」を押しつけられそうだからと正直に漏らした別業者だった。亮介は同業の下見に気づけなかった。各階を見学させ、隅々までさんざん説明してから身分を明かされるという悔しさ。とてつもない徒労感のなか「うちはここから手を引きます」と言われ、腹が立つのを超えてしまったのか頭を下げた。

季節ごとに北海道を楽しむのなら、交通の便は欠かせない条件だ。「パラディーゾ　カムイヒルズ」が、ここを皮切りに栄えてゆく予定を一棟目で崩したのは賢明だった。羽田と新千歳、空港同士は一時間半で結べても、そこからの交通手段がないのだ。

見学客がいないときは、ゆっくり各階の掃除をしたり、すっかり馴染《なじ》みになった坂の下の「イクノマート」へ行って弁当や総菜を買う。一階の、比較的状態のいい部屋を寝泊まりに使っているので、アルミ鍋に入った煮込みうどんくらいは作ることができた。壁紙は剝がれ落ち、天井にも原因のわからない染みが浮いているが、ここにだけ唯一、人のいた気配があった。亮介は押し入れにあった簡易ベッドの埃《ほこり》を落とし、その上にネットで買った安い組布団を敷いて使った。

イクノマートの主人は、亮介が「カムイヒルズ」の販売でやってきたとわかると急に愛想が良くなった。「がんばって売ってくれ」と、親戚から届いたという毛ガニを一杯持たせてくれることもあった。聞けば建設当時に「カムイヒルズ」の住人を見込んで、刈岸の温泉街で営業していた酒屋をたたみ、移転してきたという。

「山の斜面を削ってはひとつずつ増やしていく計画だったんだ。大型スーパーの夢はなくなったけど、なんとかあのマンションが息を吹き返してくれれば、うちも助かるんだよ」

店主の言葉に嘘はなさそうだ。山の斜面を削って、ひとつひとつの建物が干渉し合わないリゾートヴィレッジ。しかし「カムイヒルズ」を支えてゆくはずの景気は簡単にはじけた。

その日亮介は世田谷《せたがや》からやってきたという夫婦を後部座席に乗せて「カムイヒルズ」の坂を上り始めた。新千歳空港の車寄せまで迎えに出た亮介に、柔らかい物腰で礼を言う六十代の夫婦に悪い印象はない。実情を考えると気がとがめるものの、ありのままを見せて乗り気になってくれれば、それはそれでありがたいことだった。

後部座席の会話を聞くともなく聞いている。夫のほうが「広いなぁ、やっぱり北海道は広い」と言えば、妻が「そうですねぇ」と返す。そのうち会話が運転席に向いた。

「伊澤さんはこちらの方なんですか」

「いいえ、もともとは新潟です」

ほぉ、という声が返ってきた。新潟のどこかと訊ねるので、市内だと応える。夫が「新潟の、伊澤さん」と語尾を持ち上げたところで、男の妻が口を挟んだ。

「あなた、新潟の話はやめましょうよ」

新潟市と伊澤の名字を関連づけられる人間かもしれなかった。亮介は迂闊に出身地を言うのをやめなくては、と思った。新潟には協賛者もいたが、商売を乗っ取られたと思っている小売業者も同じくらいいる。「いざわコーポレーション」のビルひとつとっても、倒産した会社から破格値で買い取ったものだ。どこでどんな恨みを買っているかわからない。

南神居町に入って湖岸の道へと曲がり「パラディーゾ　カムイヒルズ」の坂を上り始めた

ときだった。妻のほうが軽い悲鳴に似た声を出した。

「まさか、あれなの？」

亮介は黙った。飛行機の機内誌に載った広告を見て見学を申し込んだと聞いている。資料請求で届いたＤＶＤには、二十年前の建物が青空の下にそびえている映像のほかに、眼下の湖でボートを漕《こ》いでいる若者たち、プライベートパノラマ、季節の花々や木々、安らぎの空間、といったナレーションが入っている。二十年前は本当にあった景色なのだろうが、現状では嘘と思われても仕方ない。亮介の仕事はここからだった。

車から降りたふたりは、駐車場から山裾を眺めたり建物を見上げたりしつつも、ひとことも口を開かなかった。亮介は資料説明やアンケートに答えてもらうため、一階の部屋へ案内した。建物に入っても夫婦は黙ったままだ。

最初に口を開いたのは、妻のほうだった。

「ずいぶんと古い造りなのね。台所の熱源、あれは年代物よ。いったい建ててからどのくらい経ってるんですか」

亮介は一礼したあと、なるべく卑屈に響かぬよう気をつけながら「二十年になります」と答えた。夫がおおきなため息を吐いた。にじゅうねん、とつぶやいた妻の表情からは、空港で挨拶をした際に見せた購買の意欲が消えている。夫婦は顔を見合わせ、ふたり同時に首を振った。

「築年数は申し上げたとおりですが、価格も相当抑えておりますし、夏に避暑地としてお使いいただくには絶好の地かと思います。湖を挟んで向かい側は、温泉街として栄えておりますし、泉質も良く源泉掛け流しです」

「あんた、こりゃあまるで事故物件だよ」

夫が冷たく言い放った。妻は黙って窓辺に寄り、換気扇のスイッチ紐をつまんで離した。揺れるスイッチ紐の根元から、ビー玉大の埃がひとつ落ちてきた。飛び退くように埃を避けた妻が、バッグからハンカチを出して口を覆った。夫が手に持っていた「パラディーゾ カムイヒルズ」のパンフレットを両手で丸める。

「機内誌では東京から一時間半、空港からは車で十五分って書いてあるだろう」

「はい、そのとおりでございます」

「空港からはタクシーがあるかもしれんが、十五分なんて嘘だろう。温泉街ったって、向かい側にぽつぽつと三つ白いもんが見えるだけだ。どこにボートや花畑があるんだよ。いったいどうやったらこんな嘘だらけのパンフレットを作れるんだ」

語尾が嫌な具合に上がった。無言で頭を下げる。男の口調はどんどん棘のあるものへと変化していた。

「三百万の物件ってのは、これか」

「はい、そうでございます」

「じゃあ、五百万の部屋ってのはどうなってるんだ」

「ふた部屋を繋げて、収納に力を入れた造りになっております。二階にございますので、よろしかったらご案内いたします」

男がふんと鼻で笑った。妻のほうは「とりあえず、見ておくわ」とハンカチで口元を抑えながら言った。亮介は売り出し物件だけをまとめた鍵束を持って廊下に出て、エレベーターのボタンを押した。

扉が開いたエレベーターの箱から、人工的なラベンダーのにおいが漂ってくる。芳香剤のひとつも置いておかなければ、箱と廊下の隙間《すきま》から上がってくる埃と錆《さび》のにおいで吐きそうになるのだ。

「こちらでございます」

一階から六階まである販売物件は、階ごとにひとつずつ部屋をずらしてあった。すべて売れたときに、多少の生活音があったほうがいいと判断してのことだと聞いた。亮介は先に部屋へ入り、窓を開けた。ベランダというには張り出しも幅も狭い。昔見た公団住宅の物干しスペース程度だ。

窓辺に立った夫が、右手に持ったパンフレットを更にきつく丸めている。もう会話もない夫婦の静けさに、亮介もいたたまれなくなってきた。風呂の明かりを点けた亮介のところへ、夫がやってきた。怒りを隠そうともせず詰め寄ってくる。

「こんな部屋、誰が五百万も出して買うんだ。今、いったい何人がこのマンションに住んでいるんだ。言え、このやろう」

男の持っていたパンフレットが亮介の頭に振り下ろされた。乾いた音がした。頭蓋骨の中身が揺れた。数秒後、なにが起こったのかわからないまま、壁を蹴飛ばしている男の姿を見た。

五分後、札幌へ向かうというふたりを空港まで送った。後部座席から聞こえてくる低い会話の端々に「ばかばかしい」「詐欺」という言葉が挟まれていた。

ひどく屈辱的な時間だったことに気づいたのは、ふたりの姿が空港ビルの中へと消えたときだった。

他人に頭を叩かれたのはいつだったろうか。中学で宿題を提出できなかったとき以来ではなかったか。それも、風邪をひいて三日学校を休んだあとだった。連絡ミスだったことがわかっても、教科担任は詫びのひとつも言わなかった。

屈辱的ではあったが、なぜか中学のときより腹は立たなかった。当然だろうと、心の隅で思っている。当然なのだ。自分だって、たとえ観光旅行のついでだとしても「パラディーゾカムイヒルズ」に割《さ》いた時間は無駄と感じるだろう。

この十年で章子とふたりで訪れた旅先の景色を思いだしていた。そのうち、と言いながら結局来ないままになってしまった北海道に、ひとりでいる。

ハンドルを握りかけたところに、携帯電話が震え始めた。上着のポケットから取り出してみる。弁護士の片倉だ。

「そちらはまだ肌寒いんでしょうかね。今、観光シーズン到来なんていうテレビ番組で北海道が映っていたもんだから。お元気かなと思いましてね」

「おかげさまで、元気でやっております」

「お忙しいところすみませんね」

「ご用件はなんでしょう。手短にお願いします」

片倉はあっさりと亮介の言葉を聞き入れ、用件を言った。

「わたしもそのうち北海道へ行ってみたいと思いましてね」

「どういうことですか」

「いや、ただあなたのお仕事先を見学したいと思っただけです。もしもノルマがあるようならば、多少でもお力になれると思ったものだから」

亮介は覚えのない嫌悪感に包まれながら「ご心配には及びません」と返した。片倉は乾いた笑い声で「また連絡します」と通話を切った。

亮介は急いで南神居町にハンドルを向ける。じわじわと、パンフレットで頭を叩かれた際の屈辱が舞い戻ってくる。痛かったわけではない。五十半ばになって、まさかこんな体験をするとは思っていないところへの一撃だった。

対向車もない広い道路を湖に向かって走っていると、空港へとって返して新潟便に乗りたくなってくる。章子の息を止めて、自分をも最期《さいご》にしてみたい衝動に駆られた。

ここ数日、一時間に一度ずつ目覚めることを繰り返していた。いっとき新潟を離れたことで遠ざかった現実へ、片倉からの電話によって引き戻されてゆく。

湖が見えてきたところで再び携帯が震えた。片倉からだったら出るのをやめようと思いながら着信画面を見る。登録のない番号が表示されていた。車を路肩に寄せて停めた。

「はい、東都リバブル伊澤です」一瞬間が空いた。

「お忙しいところすみません。『ダイアモンド』の紗希です。今、よろしいですか」

「ええ、どうぞ。先日の、お引っ越しの件ですか。ご要望がお決まりでしたら伺いますよ」

「そのお話、少し延期になりました。わたし、このあいだ『ダイアモンド』を辞めたんです」

胸ポケットから手帳を出そうとした手が止まった。

「それはまた、どうして。いや、理由なんか訊ねてもいいのかな。すみません」

「いいんです。なんだかいろいろあって、精神的に不安定になってしまって。ちょっと旅にでも出たほうがいいのかなと思ったんですけど」

ふつりと言葉が途切れ、亮介もどうすればいいかわからぬまま「はぁ」と応えた。

「わたし、ひとり旅ってしたことないし、誰か誘おうにも友達もいなかったことに気づいてしまって」

「一度ご両親のもとに戻られるのがいいのでは」

ありきたりな言葉しか思い浮かばなかった。

新潟にいるときは章子とふたり、店にいる女の子たちの悩みを聞くこともあったけれど、今はそのような立場にいるわけでもない。

自分には友達がたくさんいると、あっけらかんと話す女の子たちは、その勘違いによってずいぶんと売り上げを伸ばしてゆくのだが、紗希のようなタイプはおそらく売り上げも思うようには伸びないだろうし、なにより一部の贔屓《ひいき》客にしか受けない。「陰り」というのも善《よ》し悪《あ》しで、無自覚のままだと、本人が傷つくだけで終わってしまう。亮介は少し迷いながら続けた。

「少し北海道の空気を吸いに戻られたらいかがですか。時間に余裕があるのなら、是非こちらに寄ってください。僕はさっきお客さんにパンフレットで頭を叩かれてへこんでいたところです。また、落ち込んだタイミングが同じでしたね」

亮介の耳元に、鈴を転がすような――陳腐でもそうとしか表現できない――白川紗希の笑い声が響いた。

紗希が北海道にやってきたのは、大型連休が明けたあとだった。昨日まで晴れていた空が、今日は曇っている。桜の便りも届いているが、湖畔にぼやけた薄桃色の樹が数本見えるだけだ。春というには少しさびしい景色だが、空港近くのコンビニで買った地元新聞には「春到来」という見出しが躍っている。連休中に訪れた見学客の反応も、みな似たり寄ったりだった。だいたい、坂を上りきったあたりで大きなため息が聞こえてくる。パンフレットで頭を叩かれてから、亮介もその反応を腹の中で笑えるようになった。

いつも見学者を待つ空港ビル出口へと車を寄せ、亮介は腕の時計を見た。午後二時に到着予定の便と聞いていた。遅れていなければそろそろ現れるころだ。上空は厚い雲に覆われている。空からジェット音が降りてくる。灰色一色の空からビルの自動ドアへと視線を移した。白いシャツを着た長身の女が出てきた。女はまっすぐ亮介のほうへやってきた。

「こんにちは、お言葉に甘えてしまいました」

シャツと細身のジーンズ姿にリュックをひとつ肩にかけている。背中まである髪をひとつに束ねており、アクセサリーはつけていない。「ダイアモンド」で見たドレス姿とは大違いだった。

「ずいぶんと、イメージが」

その後に続く言葉を失った。陰った天候のせいなのか、身につけるものが質素であればあるほど、白川紗希の色の白さや薄い化粧や首や手足の細さ――ほどよい丸み――が際立つようだ。水商売の水に染まらぬ気配は、そのまま彼女の傷の深さを思わせた。どんな環境に置かれても、人はその場の色に染まったほうが楽に生きられる。紗希にはそうした器用さがほとんど感じられなかった。

亮介は紗希を後部座席に乗せた。隣にいてあれこれと話しながら運転することをためらっている。この感情にうまい言葉を充てられないのだ。整理のつかない感情が亮介の胸を過《よ》ぎる。その後、病院のベッドで眠る章子の姿が浮かんだ。

窓の外を見ている紗希を、ときどきバックミラーで確かめた。現実味のない美しさだ。

道の突き当たりに湖が見えてきたところで後部座席に声をかける。

「もうそろそろ着きます。リゾートマンションとは名ばかりなので、見ても驚かないでくださいね」

「けっこう古い物件だったんですよね」

「築二十年です。バブル時に投資物件として建てられました。あのまま景気が続いていたら、同じ建物が湖を取り囲むように建ったでしょうね」

湖畔の道へと右折して間もなく、カムイヒルズの坂が現れた。紗希が息を呑む気配がする。亮介の口から乾いた笑いが漏れた。坂を上りきり、駐車場に車を停めた。雑草はおおかた刈ったが、そこかしこにある亀裂は隠せない。夏にはまた伸びてくるだろう。再び管理人室にある手鎌の出番だ。

車から降りた紗希が谷側の、駐車場の途切れる場所に立った。亮介も車のそばで彼女の後ろ姿を見た。雲は朝より重たくなったようだ。夕方には少し降るかもしれない。いつの間にか、彼女のジーンズや白いタンクトップが透けるシャツの背中を見ている。けれど、と亮介は自分の首に手を添えて自嘲《じちょう》気味に笑った。この美しさを愛《め》でながら、同じ景色を見ていることへの感慨深さはない。良くも悪くも、自分はこれ以上の展開を欲していないのだった。紗希の美しさは、隙のない石庭のようだ。ただ見ているだけで良い、人工的な景色に似た美しさだった。

湖の対岸に、低い雲が漂っていた。あの雲の下は雨かもしれない。低い雲が垂れ込めてくると、冬場の新潟を思いだす。

紗希が建物を振り仰いだ。亮介も体の向きを変える。視線が亮介のところまで降りてくる。彼女がひとこと「最高」とつぶやき、声を出さずに笑った。

廊下にはまだ消毒薬のにおいが残っていた。紗希の様子を横目で見るが、顔をしかめる様子はない。廊下やエントランス、中途半端な経年でより時代を感じさせるエレベーターのアーチデザインを珍しそうに眺めている。

「お住まいの方は、いらっしゃらないんでしたね」

「僕はまだひとつも売っていません。連休中には何件か見学も入ったんですが、やはり現物を見てがっかりされます」

「おいくらでしたっけ」

「三百万と、五百万です。違いは部屋の大きさだけ。見てみますか？」

「いいんですか」

亮介は一階モデルルームの鍵を開けて「こちらが三百万のタイプです」と笑った。接客時と同じせりふなのだが、今日はまったく心が痛まなかった。紗希が、自分の脱いだ靴を揃えて部屋に入る。上背のわりにちいさな足だった。ベージュのローヒールは、よく磨かれていた。靴が部屋側にかかとを揃えてあるだけで、彼女の生まれ持った生真面目な性質も伝わってくる。

「本当だ、天井が低い。おっしゃっていたとおりですね」

「昔、東京にもこんな感じのアパートがありました」

「伊澤さん、新潟へいらっしゃる前は、ダイアモンドの支配人と同じホテルに勤められていたんでしたね」

「彼はフロント、僕はレストラン部を任されてた。職を失って、さぁどうするっていうとき、よくふたりで飲みました。彼は東京に残ったけれど、僕は自分が子供のころに見た学生運動の残党みたいに故郷に帰ったんです。どっちが正解ってことはないですが、僕はいくつになっても甘えが抜けなかった」

紗希は眉尻を下げて亮介の言葉にひとつうなずくと、また鈴の音に似た声で言った。

「二階から上のお部屋も、ここと同じ間取りなんですか」

「奇数の階と偶数の階で、広さが違うんです。上も見ますか」

「マンションの見学なんて本当に久しぶりで、わくわくします」

部屋を出た。廊下にはつよい塩素のにおいが残っており、エレベーターの扉が開けば、芳香剤のにおいがなだれ出てくる。これもまた、数時間建物の中にいると気にならなくなってしまうのだからおかしなものだった。

二階の部屋を見て、紗希が遠慮のない笑い声をたてた。亮介も一緒に笑っている。窓には手を加えていないので、繋げたひと部屋に紐付きの換気扇がふたつついている。かつて隣室だったほうのドアは内側から埋めて壁紙を貼ってあった。廊下から見るとふた部屋ぶんのドアのひとつは、ただの飾りになっている。予算を削れるだけ削ってのリノベーション。取り払った壁の厚みは、はからずもこの建物の防音設備が悪いことを教えている。最初は気づかなかった欠点が、見学案内を繰り返しているうちにひとつずつ増えてゆく。

同じ間取りでも六階になると窓の外の景色も変わった。木々の梢《こずえ》が少し下にあるというだけで、閉塞感が軽くなる。湖も、曇り空を映して黒々と横たわっていた。

「このお部屋、繋げてあるせいで余計に天井が低く見えますね」

「あぁ、そうかもしれないなぁ」亮介も壁を背にして部屋全体を視界に入れてみる。どう広げたところで狭い印象はぬぐえない。

カムイヒルズの部屋は、ふたつ繋げてもさっぱり広く見えなかった。

「窓の外の景色はとてもいいのに、もったいない」

紗希の言葉はそこでふつりと途切れた。表情にも陰りが見える。見学は六階で終わりだった。亮介はエレベーターボタンを押した。

「七階はどうなっているんですか」

「七階だけはすべて建設当時に売れているようなんです」

紗希は「そうなんですか」とうなずき、開いたドアを押さえながらエレベーターに乗り込んだ。亮介はふと、このエレベーターも点検整備を怠っているもののひとつだったことを思いだした。いったい最後の点検はいつなのだろう。東京の販売部から預けられた資料のなかには、そういった書類は含まれていなかった。

七階の話が長引かずに終わったことに正直ほっとしていた。建物の電源を入れる際に各階の部屋をひとつずつ点検したのだが、七階の十室のうち五室に女性の等身大の人形が置かれているのを見たときはぞっとした。五室の家具はそれぞれの狭い部屋にセミダブルのベッドのみ。誰もいないはずの部屋で、ベッドに腰掛けている人形――ラブドール――を見たとき、亮介は今まで出したこともない悲鳴を上げた。自分の悲鳴で二度驚き、いつまでも動悸《どうき》が収まらなかった。

ラブドールの部屋がひとつではないことを知ったとき、思わずうなった。薄いカーテンを開けて日にさらすと、みな埃をかぶり皮膚はひび割れが起きていた。着ている洋服も南国系のワンピースやセーラー服、チャイナドレスだったが、一体だけ様子が違った。ほかの人形たちがベッドに腰掛けたり壁を背にして座っていたりしたのに対し、その人形だけは下着一枚の姿でベッドに横たわっていた。薄目を開けた寝顔はどの人形よりも生々しい姿をしていた。建設後すぐに五室まとめて購入したとすれば、当時は相当に羽振りの良いオーナーだったのだろう。

七階も売れ残った部屋と似たり寄ったりで、壁紙の剥がれや床の傷み、どこから入ったのか夏虫の死骸だらけだった。電源を入れても問題なしと判断したが、その後しばらく七階の人形たちが脳裏を離れなかった。

一階の、家具が食卓テーブルと椅子二脚しかないモデルルームに戻った。先ほどの陰りも去って、白川紗希は元気そうに見えた。

「伊澤さんは、いつまでこちらにいらっしゃるんですか」

「三、四か月と言われています」

逃げ出してしまえば、夜中に森から聞こえてくる自然界の音やけものの鳴き声、七階のラブドールたちが動き出すという暗い想像におびえることもないだろうに。亮介は台所に水分補給用のペットボトルを何本か置いてあるのを思いだしたが、冷えてもいない飲み物を出すのはためらわれた。

　伊澤さん、と紗希が口を開いた。

「夕方の列車にでも乗って、旭川あたりに行こうと思っていたんですけど、もう少しこちらにいてもいいでしょうか」

「こちらというと、南神居に、ですか」

「北海道生まれですけどこの辺りには来たことがなかったんです。なんだか晴れた湖も見たい気がして。道内にいたのは十八までで、実は旭山《あさひやま》動物園にも行ったことがないんです。だから、お客さんに北海道のことを訊ねられても、実際はよくわからなかったの」

　戸惑う亮介の表情に気づいたのか「いけませんか」と問うてくる。いや、と返した。

「それならば宿泊は、湖の向かい側にあるカムイ温泉がいいでしょうね」

「どこかいい旅館、ありますか」

「ここに来た日に自分が泊まった宿がありますけど」

　亮介が泊まった際「カムイヒルズ」について訊ねてきた女将の、好奇心いっぱいの眼差しを思いだした。この平凡な服装でいても、彼女はおそらく人目を引いてしまう。自分に向けられる視線を素早く把握して、その位置から間違いなく美しく見える角度にいる。

「あまり高いところには泊まれませんけど、何泊かしてもいいくらいのお安い宿でしたら」

「安い宿というのなら、やっぱり『福寿荘』かな。本当に安宿というたたずまいですが、泉質はいいようです。そこでもよろしいですか」

「構いません。電話番号を教えていただければ自分で予約をします」

そのほうがいいだろう。男が予約して女がひとりで宿泊するという捻れで、妙な誤解が生まれてもいけない。亮介は紗希に「福寿荘」の電話番号を書いたメモを渡した。紗希がメモを見ながら電話をかける。

「夕食までには参ります。よろしくお願いします」

名前を告げる際だけ、ひどくおっとりとした口調になった。それでいて自信に溢れ、耳に心地よい声で滑舌もいい。亮介は携帯電話をリュックに仕舞った紗希に訊ねた。

「白川さんがお店を辞めて、支配人は相当困っているんじゃないでしょうかね」

「わたしなんかいなくても、すぐに次々と若い子が入ってきます」

妙にさびしく響いたので、亮介は「差し支えなければ」と言い置いて「ダイアモンド」を辞めた理由を訊ねた。紗希は少し遠くを見たあと、すぐに吹っ切った表情になった。

「お店ですごく頼りにしていたひとが、母親を道連れに無理心中をしたんです。葬儀にも出たし、死に顔も見たのに、どうしても彼女の不在に慣れることができなくて」

「女性ですか」

「ええ、お店の女の子たちみんなが頼りにしていた、衣装部のフィッターさんです。みんなの悩みを毎日毎晩聞いて、自分のことは一切言わないひとでした」

「無理心中ということですが」

「もう、十年も自宅で介護をしていたそうです。そんなこと誰も知らなくて。もともとはデザイナー専属の縫い子だったって聞きました。女の子たちが、昼間どんなに嫌なことがあってもお店に出られるのは、彼女のお陰だったんです」

夜の店にはときどき、そんな奇跡のようなスタッフが生まれることがある。職場が生むのか誰かが欲して与えられるものかはわからないが、どんな水も浄化してしまうフィルターのような存在がいる。「いざわコーポレーション」において、伊澤章子がそうだったように。失ったものは、人間ひとりぶんの穴ではないだろう。

「おつらいでしょうね」

白川紗希はいっとき亮介の目を見つめたあと、両目から涙をこぼした。顔も覆わずまばたきもせずに涙を落とす。そこだけ明るい光に包まれているような気がした。

「すみません、無責任なことしか言えなくて」

彼女は首をゆるやかに横に振った。

亮介は小粒の雨が湖に吸い込まれるのを横目に見ながら、紗希をカムイ温泉まで送った。後部座席から降りる際、礼を言ったあと彼女は「また明日」と告げた。

また明日——。自分と章子だけではなく、誰の明日もひどく不確かなものに思えて、亮介は静かに微笑み返した。

カムイヒルズに戻ると、駐車場の入り口に一台のＢＭＷが停まっていた。車のライトが建物の入り口にあたっている。陽《ひ》が落ちて辺りはもうほとんど薄闇に包まれている。春雨が、ライトに照らされた部分にまっすぐ落ちていた。亮介はＢＭＷの運転席側を大きく回り込んで駐車場に入った。乗っているのは運転手ひとりだった。男のようだ。

ＢＭＷの様子を窺《うかが》い、薄気味悪さに耐えながら車を降りた。思い切ってライトのあたっている場所へ入り、会釈《えしやく》をする。大きな車体は雨をはじきながら、ゆっくりと駐車場の真ん中へと進み止まった。中から男が出てきた。男は雨を受けながら入り口に向かって歩いてくる。亮介は入り口前で彼を待った。

そばで見ると、男は亮介よりも頭半分ほど上背があった。だぼだぼのスーツを着ている。厚い肩パッドの入ったダブルのスーツだ。年齢がよくわからなかった。四十代か、それ以上か。艶《つや》のない髪は勝手な方向に渦を巻き、寝起きのようにも見えた。そこだけ長い前髪は、雨に濡れ細い束になって頬や喉にはりついている。

男は顔に落ちた前髪をかきあげ、予想に反して太く張りのある声で言った。

「すみません、ここに住んでいらっしゃる方ですか」

「管理を委託されている会社の者です」

「あぁ、来て良かった。まだ壊されてなかったんだ」

男が再び車にとって返し、後部座席から大型のボストンバッグを出した。数秒建物を見上げたあと、感慨深げな表情で入り口に戻ってきた。スーツのポケットから鍵の束を取り出した。亮介の前に立ち、男が言った。

「わたし、七階の小木田《おぎた》と申します。こっちには建物が建ったころにちょっと遊びに来ただけで、もしかしたらなくなっているかもしれないなと思ってたんですけど、いやぁ今も人がいるなんて、嬉しいです」

「オギタさん、とおっしゃるんですか」

「ええ、ちいさい木の田んぼで、小木田です」

嬉しそうに笑う顔に、縦横かまわず無数の皺が寄った。髪をかきあげてみれば、体に合わない上着も彼のものだということがわかる。もともとはスーツに合っていた体格だったのだ。イタリアメーカーのセミオーダーだった。亮介も若いころに一着だけ持っていた。アルマーニにしようかどうしようか迷いに迷って、オーダーを選んだ。上等のスーツに負けない体を維持しようと、筋力トレーニングまでしていた時代の話だ。

小木田が持っている鍵を見た。間違いなく「パラディーゾ　カムイヒルズ」の鍵だった。建物に一歩入ると、小木田はすぐにエレベーターに駆け寄り、ボタンを押した。亮介は肩パッドがずり落ちた小木田の背中を見つめる。エレベーターに乗り込む際、小木田は亮介に向かって手を振った。亮介も、ラブドールの待つ部屋へと急ぐ男に手を振り返した。

6　南神居町・紗希

紗希は「福寿荘」の風呂に浸かりながら目を閉じた。今朝目覚めた場所が東京の自室だったことが、ずいぶんと遠い。

毎日を「来るべき日」と信じて規則正しく暮らしていたはずが、今はもうその日がいつまで経っても来ないことを知っている。知らなかった日々が幸福だったのか、知ったあとの心細い解放感が幸福なのか、正直なところよくわからない。

「福寿荘」は伊澤が言うとおりのちいさな温泉旅館だったが、女将は掛け流しの風呂を自慢していた。部屋を案内してもらう廊下で、どうしてこの宿を知ったのかと問われ、「知人に紹介してもらった」と答えた。「その方はうちのお客様ですか」という問いには、窓の外へ視線を外して聞こえなかったふりをした。女将が館内の非常口を説明しながらお茶を淹《い》れてくれたが、質問を無視したことに気づいたのか、少々こちらを窺い気味になった。

つまらぬことで居心地が悪くなってもと思い、紗希はできるだけ微笑みながら彼女に訊ねた。

「もしかすると二、三日滞在するかもしれないですが、いいでしょうか」

「ええ、もちろんです。団体さんも入っておりませんし、ご安心ください。お出かけの際にひと声かけていただければよろしゅうございますよ」

紗希のほかには、毎年連休の終わりから一週間ほど滞在する年配の夫婦がひと組泊まっているという。

「あずましいと思いますよ」と、連泊をにおわせた途端に機嫌が良くなった。宿帳には東京のでたらめな住所を書き込んだが、女将は紗希が「あずましい」の意味を問わないので、北海道の人間だと思ったらしい。なにか訊ねたいのを我慢しているのか、ちらちらと窺う目つきだ。彼女が気持ちの上でどんどん紗希を「わけあり」の女にしてゆく様子が手に取るようにわかる。紗希は演技の勉強をしていたころのことを思いだした。日常生活には無駄な、広がる想像力が煩わしかった。

岩のあいだから流れ出てくる温泉水の音が響いた。目を開けると、薄暗い浴室がさっきより明るく感じられた。

目を開ける直前、吉田プロの顔が脳裏をかすめた。それは彼女を失ってから始まった「問い」だった。

なぜ死ななくてはいけなかったのか。死んで、なにが報われたのか。問いは紗希の内側にある「なぜ生きなければいけないのか」という思いに素手で触れてくる。ただ撫でられるだけでも、充分痛い。「ダイアモンド」の支配人からは再三慰留されたが、吉田プロのいない店へ向かう足取りは日が経つほどに重くなった。

葬儀は実に質素だった。店宛てに遺《のこ》された遺書には「毎月の積み立てのぶんを使って、母と一緒に火葬してください」とあった。真面目すぎるほどの人柄、と葬儀を取り仕切った支配人が言った。その真面目さが彼女を追い込んでしまった、とも聞こえた。母親は聾啞《ろうあ》に加え認知症、そして寝たきりだった。

——どこか行きたかったところはないの？　今まで我慢してきたこと、いっぱいあるでしょう。自由になっちゃって、急に心細くなったのと違う？　ほんの少しでも東京を離れたら、またがんばれるのと違う——

あれは彼女自身への問いだったのではないか。母親の首を絞めて自由になって、急に心細くなってしまったのは吉田プロではなかったか。

どこか行きたかったところはないのかと自分に問うてみたが、特別思いつかなかった。ほんの少しでも東京を離れたら、がんばれるだろうか。そんな期待を抱いて連絡を取ったのは、伊澤亮介だった。ひとまず、と思った。ひとまず自分よりも悲しみが深そうな人間のそばに行けば、わずかでも明日に日が差すような気がした。無意識ではなく、意識的に伊澤を選んだのだった。

湯から上がる。視野が急に狭くなり一瞬あたりが真っ暗になった。貧血でかたかたと震えだした体を、壁に埋め込まれた岩につかまってやり過ごす。こんなことも、数年前にグラビア撮影で「プールサイドの女神たち」を撮ったとき以来だ。一度倒れかけてから、いっそう食事と栄養バランスに気を遣うようになった。じきに頭を締めつけていた痛みも去り、上がり湯で体を流したあと脱衣室へと出た。

足首まで届かない浴衣の丈が脱衣室の鏡に映る。急いで化粧水と乳液をはたき込み、肌をガードする。旅の荷物の中には数枚のローションパックもあるが、肌の手入れも最近は億劫になり始めた。毎日だったものを二日にいっぺんにしたところで、目に見える大きな差はなさそうだった。毎日の積み重ね――それはいったいなんだろう。今まで自分を支えていた生活習慣やリズム、戒めが急速に遠のいてゆく。

使ったタオルと下着を洗い、室内の隅にあるステンレス製のタオル掛けに干した。

財布には贅沢ができるほどの余裕はない。旭山動物園へ行こうと思っていたというのは、伊澤に問われて咄嗟に口を突いて出た嘘だった。「ダイアモンド」を辞めたあと、別のお店で働く気にはなれなかった。このままではすぐに生活費が底をついてしまう。

果たして故郷に自分の居場所があるのかないのか。確かめるためには、父と母にすべてを話さなければいけなかった。なにからどう話せばいいのか。まっすぐ帰ることをためらっている理由は、自分が芸能界で使い物にならなかったことへの恥ずかしさだ。

父と母に恨み言を言ってしまったらどうしよう。そんなことをしたら自分は本当に行き場を失ってしまう。明るい演技はどこまで通用するだろう。考えるだけで手足が重たくなり指先が冷えた。

浴衣姿で食堂に入ると、エプロンがけの女将が席へと案内してくれた。紗希の席は窓辺にある四人掛けのうちのひとつ。すでに陶板焼きや酢の物、焼き魚などが用意されている。テーブルをひとつ置いて向こうには、ふたり分の席が準備されていた。女将が陶板焼きの固形燃料に火を点ける。

じきに連泊をしているという老夫婦が現れた。ふたりは紗希に会釈をして席に着いた。女将がそちらへと移動して、陶板焼きに火を入れる。常連客だからなのか、会話も弾んでいるようだ。おひつに入ったごはんをお茶碗に半分よそった。夜の炭水化物はなるべく少量に、という習慣がまだ残っていた。毎日毎日、自ら決めたリズムで暮らしてきた。仕事に差し支えそうなことも無茶も、ほとんど記憶がない。

鱈《たら》の西京《さいきょう》漬けに箸をつけた。ひとくち食べる。少し塩分が高いようだ。椀に手を伸ばしたところで女将が揚げ物をのせた皿を持ってやってきた。

「これ、タランボの天ぷらなんですけど、いかがですか」

「タランボ、ですか」

「ええ、この時期になると採れる湖畔の山菜です。木の芽なんですよ。あちらの席のご夫婦が、毎年東京から採れたてを食べに来られるんです。今日のタランボは、おふたりが昼間採っていらしたものです。新芽は本当においしいですよ」

妻のほうが紗希を振り向き微笑んだ。

「このあたりは山に囲まれてますから、春は山菜で秋は茸《きのこ》と、ずいぶん人がやってきます。もう少しすると、山菜狩りの日帰り入浴のみなさんでここもけっこう賑わうんです」

「いただきます。ありがとうございます」

四角い皿の隅に、薄い衣をまとった親指大の木の芽が盛りつけられている。大根下ろしと抹茶塩が添えてあった。紗希はさっと塩を振りタランボの天ぷらを口に入れた。甘みと苦みのバランスは、この季節の恵みだろう。木の芽だというのに濃厚な味だ。

「おいしい」

別テーブルに座っている妻のほうが紗希に向け、「でしょう?」と唇を動かす。笑顔で応えた。夫人の着ている仕立ての良い室内着を盗み見る。マキシ丈のジャージワンピースに同柄のカーディガンのセットだ。それだけでふたりが、ひなびた景色を毎年楽しめるくらいに経済的余裕のある夫婦なのだとわかる。もしも紗希が芸能界で成功していたら、両親にもこんな時間を楽しむ生活をさせられたかもしれない。人を羨んでどうなるのだと思いながら、卑屈に傾いてゆく心は、いちど滑り出すとなかなか止められなかった。

翌日はからりと晴れた。

すり鉢の底に似た土地にいるせいか、空がひどく青く見える。湖に映り込んだ湖畔の木々も空も、空気が澄んでいるので輪郭が鮮やかだ。紗希は朝食後、女将に湖畔の遊歩道について訊ねた。

「湖は一周でだいたい四キロくらい。ゆっくり歩いても二時間かからないですよ」

「いい散歩コースですね」

「昨日のご夫婦も、朝ご飯の前や後におふたりで湖を一周して、温泉に入って。そんなふうに一週間くらいお過ごしになるの。ときどき札幌に出てお昼を食べたりお買い物をしたりしていらっしゃるようです」

湖の対岸には「パラディーゾ　カムイヒルズ」があった。山の斜面からこちらを見下ろしている。紗希が湖のほうを見ているると女将が言った。

「うちは貸し自転車も何台かあるんです。無料ですから、遠慮なく使ってください」

「自転車、まだ乗れるかしら」

「子供のころに乗れたなら、大丈夫ですよ」

女将は「福寿荘」の建物の裏にあるカスケードガレージからいちばん状態のいい自転車を

選んでくれた。リュックからUVカットの折りたたみ帽子を取り出して被《かぶ》る。シャツから出ている首や手の甲に日焼け止めクリームを塗った。

女将に礼を言って銀色のシティサイクルのペダルに足を掛けた。思っていたほどの難もなく乗ることができる。湖畔の道はところどころが木道で、簡易舗装になっていた。目立った起伏もない。春の色濃い空の下を走っていると、ここがどこだか忘れてしまいそうになる。

自転車を漕《こ》いでゆくと、湖畔の遊歩道に細い抜け道があるのを見つけた。

自転車を停めたまま「福寿荘」を振り返った。一周四キロということは、二キロほど自転車を漕いだことになるのか。久しぶりにヨガ以外の運動をしている気がする。自転車一台で、どこまでも行けるような気がしていた子供のころを思いだした。

また一本、車道に出る道を見つけた。車道の向こう側に個人商店の看板がある。すぐ横には「パラディーゾ　カムイヒルズ」へ上がる坂道があったはずだ。繁《しげ》る木々で建物は見えないが、間違いないだろう。紗希はいちど空を仰いでから、携帯電話を手に取り伊澤を呼んだ。

「おはようございます、白川です」

伊澤が優しそうな声で「昨日はよく眠れましたか」と訊ねた。

「はい、朝風呂にも入ったしご飯もたくさん食べたし、こんなにのんびりするのって何年ぶりかわからないくらいです。最高の休日。来て良かったです」口から、するすると嘘が飛びだす。誰にも迷惑をかけない、ちいさな嘘だ。

ホステスたちの愚痴や悩みを聞くだけだった吉田プロも、こんなふうに「ちいさな嘘」を溜めていたのかもしれない。さんざん女の子たちの悩みを聞いておいて、自分はなにひとつ語らずに死んでしまった。慰めの言葉が女の子たちに向けられたものではなく自分に言い聞かせていたものだとしたら、と思った。もしもそうなら、誰も彼も嘘まみれだ。

「旅館から自転車を借りて湖畔の遊歩道を走っていたんですけれど、ちょうど半分まで来たところなんです」

「半分といったら、こっちの建物の真下あたりじゃないですか」

「車道に抜ける道を発見して、それでお電話したんです」

「そんな道があったんですか」

「これから行ってもいいですか」

できるだけ明るい声で訊ねた。声ほどに上がりきらない気持ちは、今日のうちに南神居を離れるのかどうかというところに繋がっている。長々といられる場所でもないのだ。次の場所へ行くのが億劫《おっくう》で留《とど》まっている。この足場は何日もしないうちにぐらつくだろうという予感のなかで伊澤に甘え、見知らぬ土地に浮いていた。

自転車を林の中へと向ける際、湖に張り出した遊歩道のあたりにちいさな人影を見た。あの夫妻かもしれない。紗希は人影に背を向けて、湿った道を通り抜けた。

坂の下にある「イクノマート」へ立ち寄り、簡易ドリップタイプのコーヒーと、お茶菓子になりそうなクッキー、サンドイッチとヨーグルトを買った。「福寿荘」の洋定食にはヨーグルトがついていなかった。それが今日のつまずきになりそうで怖い。朝はやはり決めたものを口に入れないと落ち着かない。明日の分のヨーグルトを手にして、紗希は買い物をする手を止めた。

明日もここにいるつもりかという問いがじわじわと胸の奥に広がってゆく。少ない乳製品を並べた棚を見ていると、レジのそばに座っていた女性店員が立ち上がった。紗希は手に持ったヨーグルトを買い物かごに入れた。

「千百五十五円になります」

レジ袋に入れられた商品と、四十五円の釣りを受け取る。年配の女の視線は遠慮がなかった。紗希の顔を覗き込むように見ながら、ときどき首を傾げる。受け取った釣りを財布に入れる際、店員が口を開いた。

「お客さん、湖のほうから来たみたいだけど、温泉に泊まってるんですか」

「ええ、そうですけど」

「撮影かなにかですか？　女優さんですよね。モデルさんだったかな。わたし見たことありますよ。このあいだ、ドラマに出てませんでしたか」

紗希は曖昧に笑った。東京には掃いて捨てるほどいるタレント未満、テレビドラマに出てはいても名前までは覚えられていない女優未満。自分はもう、そのどちらでもない。東京にいるうちに、道ばたですれ違う人が業界人かそうでないかを、見分ける術《すべ》が身についてしまった。何気なく歩いていても、まとわりつく自意識がそこだけ厚いのだ。田舎のそれは「悪目立ち」だった。

前かごにレジ袋を入れて、自転車を押しながら坂道を上った。坂の中ほどで湖を振り返る。対岸にちいさく「福寿荘」が見えた。水と木々がふんだんにある地形のせいか、風がないと妙に蒸し暑かった。自転車を借りてから、まだ一時間も経っていない。

「パラディーゾ　カムイヒルズ」の駐車場に着いた。伊澤の車は建物側に停められている。はす向かいに黒いBMWがあった。無意識のうちに建物を見上げていた。伊澤は昨日、住人はいないと言っていた。見学客だろうか。自転車のスタンドを立ててレジ袋を手に持ったところで、目の前の窓が開いて伊澤が顔を出した。

「おはようございます。この坂、けっこう急だったでしょう」

「さすがに自転車を漕いでは上がれませんでした」

伊澤は笑いながら顔を引っ込め、すぐに建物の前に出てきた。

「あのBMW、どうしたんですか」

「昨夜《ゆうべ》、七階の部屋の持ち主がやってきたんです」

建物から数歩離れた伊澤とふたり、七階を見上げた。上から自分たちの様子を見られている気がして、紗希は急いで建物の中へと入った。

見学客の応接に使われている部屋は、天気がいいせいか昨日来たときよりもずっと明るかった。簡易ドリップのコーヒーを買ってきたと告げると、伊澤が電熱器でお湯を沸かし始めた。

「七階の人って、どんな感じですか」

「さぁ、昨日突然現れたので、まだ一度しか顔を合わせていないんです。白川さんを宿に送って戻ってきたところで会ったんですよ。久しぶりということはおっしゃってましたけど」

なんとなく歯切れが悪い。紗希は空気を持ち上げようと明るく言った。

「これ、下のお店で見つけたんです。伊澤さんもどうぞ」

ここ十年で、前日のうちにヨーグルトを用意できない場所に来たのは今回が初めてだ。紗希は伊澤がお湯を沸かしているあいだ、テーブルにサンドイッチやクッキーを並べた。

急いで蓋を開け、普段は食べないブルーベリー果実入りのヨーグルトを口に運んだ。本当は無糖のものにメープルシロップを混ぜるのが好みだが、この際贅沢は言っていられない。ひとくち食べるごとに気持ちが落ち着いてきた。

「伊澤さん、普段はなにを食べてらっしゃるんですか。ここだと満足なお食事が難しいんじゃないですか」

「新潟に戻ったときに買って帰った瓶詰めや白米のパックや、空港のコンビニで買ったインスタントなんかを適当に。だいたいがヤカンでなんとかなりそうなものばかりですね」

「新潟にはよく戻られるんですか」

「ほとんどが日帰りですけど」

「奥様のご容態、伺ってもいいですか」

「まったく変わりません。ずっと眠っています」

一瞬あいた間を使って、伊澤が先に会話を切り替えた。

「旅館の自転車を借りてきたとおっしゃってましたね」

「湖の周りの遊歩道が整備されていて、一周四キロと伺ったので、ちょっと走ってみようかなと思ったんです。そうしたら小道を見つけたものだから。ご迷惑とは思ったんですけど」

「迷惑なんてことはありませんよ」

伊澤はこの行き止まりのような建物の中で、虚勢を張ることもなく、自らの現在を嘆いてさえいないように見えた。

「お湯が沸きました。紙コップしかなくて申しわけない」

紗希は慌てて簡易ドリップのパッケージを持って台所へ入った。対面式になっているが、シンクの大きさは東京のワンルーム物件とほとんど変わらない。自分がやると言う彼の言葉を遮り、紗希が紙コップにドリップパックをセットする。伊澤は狭い台所から出て、窓辺に立った。お湯を垂らすと、たちまち狭い部屋の中にコーヒーの香りが満ちていった。

紙コップにセットしたパックの中へ細く湯を注ぎ入れていると、伊澤がポケットから携帯電話を取り出した。着信画面を確かめる仕草《しぐさ》のあと、こちらに背を向ける。

紗希は湯を注ぎ足した。

「いいえ。はい。いや、無視するなんてことはないでしょう。なにを言い出すんですか、突然――日帰りはそんなにお気に召しませんか――彼女の状況はちゃんと医者からも聞いています。片倉さんも――だから、僕はもう会社の人間ではないですから」

彼女というのは、おそらく伊澤の妻のことだろう。ということは、電話は新潟からだ。伊澤の声に、細いけれど鋭い棘が潜んでいるのを感じ取る。そんな側面があったのかと、紗希は全身で彼の声を聞いた。音をたてないよう、静かに湯を注ぎ続ける。

「わかりました。次は連絡するよう心がけます」

携帯電話を仕舞った伊澤が振り向く。紗希は両手にコーヒーの入った紙コップを持っていた。生活に必要な物がほとんどないこの建物にいると、逆にさまざまな不足や欠落がいとおしく思えてくる。紙コップをひとつ差し出す。伊澤が照れた表情でそれを受け取った。

「すみません。電話、廊下で取ればよかった」

「新潟からですか」

「弁護士からです。定期便なんですよ」

「定期便？」

「僕がなにをしているか、様子伺いみたいなもんです。向こうの都合に合わせてかかってくる。夜中でも、昼でも」

「なんだか大変そう」

伊澤は「大変そうですか」と言ったあと数秒黙った。気に障ったろうか。紗希は紙コップを両手に包み、次の言葉を待った。二秒、三秒、沈黙が長すぎる。

「ごめんなさい、わたし無責任に大変だなんて言って」

「いや、すみませんこちらこそ」

いろいろと考えてしまって、と伊澤が言う。紗希にはそのいろいろがなんなのかわからない。途端に、腹の奥から胸を突き破る勢いで不安が持ち上がってきた。動悸のせいで体が前後に揺れる。

なにか言わなくては、なにかしなくては——このひとのために。

紗希は今の自分にできる演技を体に溜めて、精いっぱい微笑んだ。

「よろしかったら、なんでも元『ダイアモンド』の紗希におっしゃってください」

伊澤がコーヒーを吹き出しそうになりながら慌てている。喉に流し込み、ひと息ついたあと笑い始めた。しみじみとしたさびしさが押し寄せてくる。伊澤が優しく言った。

「白川さん、昨日の宿はどうでしたか。なにか嫌な思いをしていないかなと、あれから気になってたんです」

「いい旅館です。温泉も気持ちよくって。連休明けの谷間だったらしくて、わたしのほかには老齢のご夫婦がひと組だけでした。夕食に、そのご夫婦が採ってらした山菜の天ぷらをいただいたんです。おいしかったですよ」

「山菜か、もうそんな季節なんだな。どうも、朝晩ずいぶんと涼しいところにいるものだから、季節感がおかしくなっているのかもしれない」

五月の新潟はどんな感じなのかと訊ねてみる。日本海側にはあまり縁がないので、東京から新幹線で二時間と聞いてもピンとこない。

「冬場はずっと曇っていて、そのせいか、北海道ほどではないにせよ寒さが身にしみるところだと思います。その代わり、今時分から夏は暑いですよ。冬場よりも夏の暑さのほうがきついです。湿気とか熱気が、皮膚を通して細胞に入ってくる感じで、体も重く感じますね」

「逆かもしれない」思わずそうつぶやいていた。伊澤の言葉を理解できることが嬉しかった。

逆ですか、と彼が問う。

「ええ、わたしの育った街って、夏はずっと霧が出たり曇り空が多かったりで、夏の平均気温は二十度くらい。東京に一年住んじゃうと、寒いと思うくらいでした。ストーブは必要だけど、冷房のある家なんてほとんどなかったかな。でも、冬場は毎日晴れてるんです。雪も内陸みたいに降らないし」

「たしかに、逆ですね。日本海と太平洋の違いもあるんでしょう」

男の頬が緩んだ。紗希は伊澤の顔を見つめ続けた。彼と一緒にいると、前向きなことしか言わずに済むような気がしてくる。紗希は「あぁ」と納得する。

これは、ミシンの前で毎晩女の子たちの相談を聞いていた吉田プロと同じだ。

東京で生活することでいっぱいいっぱいな地方出身の女たちの前で、自分も苦しいとは言わないひとだったのだ、彼女は——。

紗希は、伊澤亮介に傾いてゆく気持ちに「憐れみ」があることに気づいた。自分よりも嘆きたい人間を思いつく限りの前向きな言葉で励ましていると、吐いた言葉によって気持ちが「浄化」してゆくのだ。

伊澤に頼りたいという、胸の内に一点こぼれ落ちた憐れみの滴が、ゆっくりと染みて広がってゆく。自分はこの男に頼りたいのではなく、男の悲しみを受け取ることによって良き心を手に入れたいのだ。「気づき」の刷毛《はけ》に心の表面を撫でられたあとは、まるで季節の変わり目に立ち会ったような気分になった。窓辺に立つと眼下に湖があった。太陽に照らされて、今日はまぶしいほど光っていた。遠くで機械の音がした。建物の鉄骨を伝わる音は静かにこちらへと近づいて、止まった。

「なんの音でしょう」

「エレベーターです。けっこう響きますね」

駐車場に、長身の人影が現れた。ブランドもののトレーナーに黒っぽいジーンズの男が、ＢＭＷに乗り込む。車はすぐに坂を下りていった。

「今の人が、七階のお部屋の方ですか」

「ええ、そうです」

この建物が建ったころに買った持ち主だというが、いったいどんな人物なのだろう。紗希は胸に湧いた好奇心をするりと口に出した。

「なにをしている人なんでしょうね」

「気になりますか」

「なんとなく。BMWに乗ってここに住んでいる人って、どんな人なのかなと思って」

「おかしな人には見えませんでしたよ」

伊澤が紗希を諭《さと》す言葉を耳にするたびに、一ミリずつ彼の内側へと入り込んでゆける気がする。彼が腕の時計を見た。紗希もジーンズから時計を出した。

「すみません。わたし、まだお邪魔していてもいいですか」

あと数分で十一時だ。時計をポケットに戻して、窓の外を見た。湖はいっそう輝きを増して、もう鏡のようになっている。視線を戻し男の呼吸の音を聴いた。耳を澄ますと、心臓の音まで聞こえてきそうだ。

いつの間にか、男が紗希に心を寄せる瞬間を待っていた。そのための演技ならば、どこまでもできそうな気がしてくる。崩れそうな心を持ち上げて、白川紗希を演じられる。演じることがこんなに楽しいと、なぜもっと早くに気づけなかったんだろう。

「二時に新千歳空港まで見学者を迎えに出ます。僕が出かけるまではかまいませんよ」

伊澤がテーブルの上へ視線を走らせた。紗希は男へ半歩、歩み寄った。

「嬉しい。ありがとうございます」

7　小木田と春奈

駐車場に入った途端、ＢＭＷの前で立ち話をしている紗希と小木田が目に入った。

亮介はＢＭＷの前を通り過ぎ、建物側に車を停めた。車を降りると、紗希がこちらに向かってちいさく手を振った。亮介も軽く腰を折る。

「こちらにお住まいの方ですか」

後部座席から降りた見学希望の男が、ふたりを見て言った。夏場の仕事部屋としてどうかと思って、と車中で話していたところだ。空港の近くに静かな仕事場が欲しいと言っていた。本社からは、四十代の独身男性と連絡を受けていた。

玄関に入ろうとした亮介を、小木田が呼び止めた。太陽の下だと、昨夜の印象よりずいぶんと若かった。

建物入り口へ向かう亮介の背後で、紗希が見学者に「どちらからですか」と訊ねた。埼玉です、と男が応えると、小木田が「埼玉のどのあたり？」と追う。四人がエレベーターに乗り込むころふたりはすっかり彼女の笑顔に取り込まれているようだった。

なるべく上の階が希望という見学者を、まず六階で降ろす。箱を出て振り向いた亮介に向かって、小木田と紗希がふたり並んで手を振った。

「すごくきれいな人ですね。なんだか意外だったなぁ」

「はぁ」

「七階は空室がないんでしたね」

「ええ、販売物件は六階までです」

あのふたりは夫婦なのかと問われ、違うと答えた。そんなふうにも見えるのかという新鮮な驚きもあった。彼の問いのおかげで、自分が紗希に対して邪《よこしま》な思いを抱いていないのがわかって安堵《あんど》する。気になるのは、廊下の塩素臭や部屋に充満していた建材のにおいがなかなか薄れないことだった。

「これはいいや、なんにもない」

鈴木《すずき》と名乗る見学者の反応は、亮介が拍子抜けするほど良かった。どんな罵倒も引き受けるつもりの案内役だ。

「しかしなにもかもが古いなぁ。まぁ、ここなら冷房がなくても暮らせるだろうけど」

「お客様のニーズに合っていれば、こちらも嬉しいです」

「ニーズには合ってるんです。遊ぶ場所も飲む場所も、買い物するところもなにもないのが条件だから。ここまで来ちゃえば、もう仕事しかすることないだろうっていうくらいの場所がいい。それでいて空港が近い、というね。飛行機使ってまで銀座で飲みたいと思わないだろうって、そのくらいの分別はあるだろうって、自分に期待してるんですけど」

「静かな仕事場をご希望でしたね」

鈴木は「ええまあ」と言って首を傾げた。

「あんな美人がいるところで、本当に仕事になるかなぁ」

言ったあと、まんざら冗談でもなさそうな声で笑った。亮介はそれには応えず、部屋のタイプを告げる。六階は五百万、五階は三百万。

「そうだな、夏のあいだだけだし、狭くてもいいかな。三百万のタイプにしても、いろいろとほかにかかるでしょうし」

「そうですね。諸経費と維持費、すぐ計算します」

鈴木は亮介の言葉に「いや」と首を振った。

「僕、もともとこういう業界にいたんで、カムイヒルズがどういう物件か、だいたいのところわかってますし、諸費用も計算機なしで充分はじき出せます」

そこで相談なんですが、と鈴木が声を潜めた。

「三百万のタイプ、本社に掛け合えば、本当は百万ぽっきりくらいになるんじゃないですかね。どうですか」

「百万はちょっと、難しいでしょうね」

「いやいや、大丈夫です。たぶん来年はおたく以外の会社がここを売ってますよ。うまいこといけば、三年くらいはそんな調子で回せるでしょう。たとえば僕が百万で買ったとしても、それを表に出さなければ、売れたという実績が残る。そうすればもう一年、延命です。僕は大地震に備えて北海道にお買い得のマンションを持ったって、あちこちで自慢すればいいんだ。いい宣伝だと思いませんか」

「鈴木様、今日はなぜこちらに」

できるだけ丁寧に訊ねたつもりだが、声が低くなった。男の口元がゆがんだ。鈴木はとにかく「百万ぽっきり」を譲らなかった。

「大切なご意見として、本社に伝えさせていただきます」

「いや、東京に戻って販売の上の人に直接連絡を取りますよ。あなたより話が早い。言ったでしょう、この業界にいたって。正直、百万でも高いと思ってますよ。来年はもっと下がるでしょうし。今日は本当にひと部屋でも住めるかどうか確認しに来たんです。けど、あのふたりは予定外だったな。住人がいるなんていう噂、聞いてなかった」

鈴木は涼しい顔でそう言うと、ゆがんだ口元を元に戻した。

「じゃあ、空港駅に送ってください。たまには札幌で旨いラーメンを食べたいし」

悪質な冷やかしだった。いっそパンフレットで頭を叩かれたほうがすっきりする。

鈴木を新千歳空港駅に送り届けたあと、亮介は「カムイヒルズ」にとって返した。

建物に入ると、エレベーターの前に紗希が立っていた。

「ごめんなさい」

悪びれない笑顔に戸惑う。亮介が黙っていると、紗希は声のトーンを落としてもう一度
「ごめんなさい」と言った。

「困ります、こういうことは」

「はい」とうなずく顔は神妙でも、声に媚《こび》がある。

「伊澤さん、怒ってますか」

「いいえ、そういうことではないんです」

「さっきのお客さん、いい感じじゃなかったんですか。契約、取れました？」

「白川さんどうしてここに。僕はてっきりもう旅館に戻ったものだとばっかり」

サンドイッチを食べたあと、自転車を押して坂を下りてゆく彼女を見送ったはずだ。紗希
が唇の両端を持ち上げて、光るほど白い前歯を何本も見せる。

「自転車を返して、今度は歩いてきたんです。もう一度お会いしたくて」

いけませんでしたか、と続いた言葉が耳の奥でこもる。亮介はちいさく息を吐いた。紗希
の態度には、少しの卑屈さも感じられなかった。

年齢に見合わない子供っぽさと憂いは、女を張って仕事をしていく上では不可欠の商売道

具だが、それを真昼に見るのは珍しい。意識的だとすれば凄腕《すごうで》で、無意識なら悪魔だろう。夜の街で見てきた彼女たちは、成功する女ほど「無邪気」という武器を器用に使いこなす。

「駅へ行くのなら、送りますよ」

亮介にまっすぐ向けられていた視線がゆらいだ。どうかしましたか、と問う。紗希はわずかに肩をすくめて天井を指さした。

「小木田さんと、ジンギスカンをしようってお約束したんです。伊澤さん、今日はさっきの見学しかお仕事ないって言っていたし、お天気もいいしせっかくだからって」

「ジンギスカンって、いったいどこで」

「駐車場です。湖を見ながらビールでも飲みましょうよって。今お誘いに行こうと思っていたところだったんです」

駐車場に、小木田の車がなかった。


午後四時を少しまわった。太陽はまだ山の端より上にある。気温は二十度に満たないが、風がないのでバーベキュー日和だ。湖は陽光を受けて光っている。辺りには炭焼きと肉のいい香りが漂っている。亮介はなぜ自分がここにいるのかわからないまま、紙皿と割り箸を持たされていた。

「いやぁ、伊澤さんと紗希さんがいてくださってよかった。僕、ここでこんなふうにジンギスカンを食べる日がくるとは、想像もしていなかったですよ」

小木田は空港近くのホームセンターで用意したというバーベキューセットの網の上に、ラムロースを並べた。炭火が安定するまでビールを一缶ずつ空けた。小木田は上機嫌で肉を焼く。紗希も野菜セットの袋から、焼くばかりになったピーマンやタマネギを取り出し網にのせる。

小木田と紗希は映画や景色のことなど、ずいぶんと親しげに話している。けれどふたりとも、お互いの出身地や現在の状況には触れない。

亮介はすすめられるまま紙皿にのせられたラムロースを口に運んだ。肉は臭みもなく柔らかい。豚でも牛でもないのはわかるのだが、羊というのがピンとこない。

小木田が言うには、道北《どうほく》の街が立ち上げたサフォークブランドの一級品ということだった。亮介は彼の口から飛び出した「ブランド」という言葉に必要以上に反応しないよう努めた。

小木田のトレーナーには昔よく見た大きなロゴが入っている。今どき、DCブランドのトレーナーもないだろう。彼の時間は「パラディーゾ　カムイヒルズ」が建てられたころで止まっているようだった。

点検のため、彼の部屋に入ったことを口にはできない。二十年という時間を経てラブドールたちの部屋に戻ってきた男の言葉を、まるごと信じる気持ちにもなれなかった。

紗希がひときれ、亮介の皿に肉をのせる。

「わたし、ジンギスカンってちいさいときに学校のキャンプで食べたっきりです。いっとき東京でもずいぶん流行りましたけど、今はどうなんでしょう。伊澤さんは初めてですか」

「いい年して、食べたことのない肉を口に入れるとは思いませんでした。おいしいですね」

「いい年って、そんな年齢じゃないでしょう」

小木田がいくつかと訊くので、五十四だと答える。東京のどのあたりに住んでいるのかという問いには、章子のことを伏せて新潟に家があることを告げる。

「新潟から通勤してたんですか。勤務先は東京ですよね」

「いろいろあって」

「結婚してるんですよね」

彼が亮介の左手を指さしたところで、紗希が口を挟んだ。

「小木田さん、訊きすぎですよ。ご自分のことなにも言わずに」

紗希の言葉で小木田のなにが切り替わったのか、彼は急に落ち着きがなくなった。視線が一箇所に定まらない。建物を見上げてはため息、肉を焼く手も止まり気味だ。

「どうかしましたか」亮介が問うのと同時に、紗希が彼から箸を受け取り新しい肉を焼き始めた。

「僕、ちょっと部屋にひとを待たせているんですけど、連れてきてもいいですか」

「小木田さん、お部屋に誰かいるなんてひとことも。どうして黙っていらしたんですか」

ふたりのやりとりを聞いた亮介は、この場を逃げ出したくなった。

「この機会ですから、彼女を紹介させてください。自分のことをなにも言わずに伊澤さんのことばっかり訊ねちゃって、すみませんでした」

小木田はもう、誰の返事も待てない様子で建物に向かって歩き始めている。腰からずり落ち気味のリーバイスの裾が地面に擦《こす》れていた。紗希が箸を持ったまま小木田の背を見送っている。亮介は彼が建物の中へ入ったのを見て、彼女に向き直った。

「白川さん、僕はここに仕事で来ているんです。正直こういう展開までは予想してませんでした。僕がなにか誤解を招くような言動をしたのなら、謝ります。今さらですけど、あなたがこんなふうにカムイヒルズに関わるのはお勧めできないんですよ」

「わかってます、ごめんなさい」紗希が目を伏せ、続けた。

「でも、もう一度お目にかかりたいと思ったのは本当です。あのままお別れするのは、さびしかったんです」

「せっかくこちらに戻られたんです。早くご両親に元気なお顔を見せてあげてください」

あまりにも分別くさい言葉を放っていることに歯がみしたい気持ちと、これ以上白川紗希にも小木田にも関わりたくない思い、双方に嘘はない。しかしどこかで、この女の瞳が怖くもあった。逸らしても逸らしても追いかけてきそうな気配だ。亮介は自分が湖へと下りてゆく急な坂道の途中にいるような錯覚を覚え、思わず足下を見た。

クーラーボックスに腰を下ろした紗希の、ジーンズに包まれた長い脚がすぐそばにある。小木田が連れてくる「彼女」を見て、この娘はどんな顔をするだろう。

「はい、焼けましたよ。椎茸《しいたけ》もどうぞ」

まっすぐな瞳から逃れる方法が見つからない。

「怒ってますよね。勝手なことをしてごめんなさい」

「そういうことじゃないんです」

あなたのためによくない、という言葉は自意識過剰だろうか。若い女に好かれることは、新潟でもよくあることだった。働く女の子たちが亮介に直接する相談は、半数が色気含みと思って良かった。そんなことで妻に心配をかけまいとひとつひとつを報告する際、章子は困ったような嬉しいような、どちらともつかない笑みを浮かべていた。

章子が誕生日に言った言葉を耳の奥でくりかえす。

――亮ちゃんと、また十歳離れちゃうのねぇ。

やっと気づいた。章子にとって年齢は、言葉を持たない暴力だった。十歳年上というのは、そんなにも不利な条件だったのか。充分承知の上で結婚を決意したのだとばかり思っていた。亮介にとっても、十歳年上の女との暮らしに不安がなかったといったら嘘になる。違う。亮介は胸奥で懸命に首を振った。

心からの尊敬を持って、彼女の気持ちを受けいれたのではなかったか――。

幼いころ祖母から聞いた「越後では杉と男は育たない」という言葉が色濃く蘇る。気詰まりな宴と紗希の眼差しは、こんな拙《つたな》い誘いにまんまと引っかかってしまいそうな男の弱さを教えた。早々に退散しようと決めた。ここで若い女の手練手管に巻かれては、眠りから覚めないままの妻があまりに哀れだった。

酒のにおいが混じる午後の空気が揺れた。建物から、小木田が出てきた。紗希も数秒で、彼が両腕で抱きしめているものの正体に気づいたようだ。揺れた空気が動きを止める。

「すみません、お待たせしました。紹介します。僕の彼女の『春奈《はるな》』です。僕のことをいちばんよくわかってくれるひとなんです」

「春奈」と呼ばれた彼女は白い男物のシャツに光沢のある白いショーツ一枚という姿で現れ、その場にいる誰とも目を合わせなかった。

皿と箸を持ったまま紗希の視線は数秒「春奈」に注がれ、そのあと亮介を見上げた。助けを求められていることに気づきながら、なにをどう言えばいいのかわからない。紗希に向かって精いっぱいうなずく。肯定しているふりしかできなかった。

亮介がうなずくとすぐに、紗希の不安げな気配が消えた。小木田は春奈の髪を撫で続けている。静かだ。紗希の動きも止まった。固まってしまった空気を解かねばならない。亮介がかたちだけでも「春奈」に声をかけようとしたとき、紗希がゆっくりと立ち上がった。

「初めまして、白川紗希です。春奈さん、よろしく」

「春奈、良かったな、友達ができたじゃないか」

なにか、見てはいけないものを見たような気がして、亮介は半歩後ろへ下がった。

「伊澤さん、僕の春奈です、よろしく」

小木田の瞳が亮介を捉える。曖昧にうなずく。紗希が春奈を手招きして、クーラーボックスを示した。

「春奈さん、こちらにどうぞ」

「すみません、ありがとうございます」

紗希が小木田の世界に滑り込んだのか、それとも彼女自身がすでに「向こう」にいるのか、亮介には判断がつかない。この場において、自分だけが浮いている感覚から逃れられない。

小木田は春奈をクーラーボックスに座らせるために、彼女の脚の付け根や膝を曲げ始めた。見間違いでなければ、春奈は小木田の部屋で唯一ベッドに寝かされていたラブドールだ。

太陽の下に連れ出された春奈は、部屋で小木田を待っていたときよりもずっと薄汚れて見えた。人間のように扱われ話しかけられていることに、虚《うつ》ろな瞳で応えている。怒りも主張もない目だ。紗希が肉を焼きながら亮介を見上げた。

「伊澤さん、ビールもう一本いかがですか」

「いや、僕はもう充分。ちょっと片付けないといけない仕事があるので、そろそろ戻ります。ごちそうさまでした」

亮介は自分の使った箸と皿を持って玄関へ一歩踏み出した。小木田が早口で言った。

「伊澤さん、僕、隣の部屋を紗希さんに使っていただくことにしました」

振り向き、平静をよそおいうなずいた。

「すみません、もうひと晩こちらにいます」と紗希が言った。

どの部屋にも「彼女たち」がいるはずだが、と思った。紗希に貸す部屋からは移されているのだろうか。亮介は七階がどんな状況になっているかを想像し、身震いする。

「わたし、明日は実家に顔を出してこようかと思っています。伊澤さんに言われて、やっぱりそうしようって。気が重たいのはちょっと後ろめたいせいなんです、きっと」

明るい声にはそぐわぬ言葉だった。後ろめたい――。気づかぬうちに語尾を上げていた。

「東京でタレントの仕事がうまくいっているって、ずっと嘘をついていたから。廃業したこと、ちゃんと伝えないと。後のことは、そのときにまた考えます」

「そうですね。それがいい」

「伊澤さんのお陰です。ありがとうございます」

瞳に、無垢《むく》な少女のような光が宿っている。春奈と並んでいるのを見ると、背筋が寒くなった。娘ほどに年の離れたホステスたちを何人も見てきたが、こんな目をする子はひとりもいなかった。まっすぐに亮介を見ているようだが、そこには彼女が見たいものが都合よく映っているだけのような気がする。それほどに光り、そして空虚だ。亮介は動揺が伝わらぬよう目を伏せた。

新潟空港に降り立った亮介はすぐに上着を脱いだ。

六月は北海道と本州の気候が大きく隔たる時期だった。

タクシーに乗り込み、行き先を告げて額と首の汗をぬぐった。週に少なくとも一度は必ず章子の様子を見に戻っている。月給がほとんど飛行機代に消えるのも、もう少しの辛抱だ。章子の容態によってはすぐに東都リバブルを辞めるつもりでいた。

片倉の言う「会社の分裂を避ける」という理由も、時間を経るとどうにもうさんくさい。北海道に降り立った際の、あの孤独感が「解放」だったことにも気づいている。新潟で味わう煩わしさと章子を天秤《てんびん》にかけてしまったことを悔いた。

「カムイヒルズ」は、問い合わせから見学までの運びで十分の一に減り、見学から契約までのあいだに誰もいなくなる。ネットでは良い噂がひとつもなかった。見学者は情報に疎いか冷やかしのどちらかだ。

「お客さん、どの道を通りましょうかね」

乗務員の問いに「任せます」と答えた。途端に車は亮介が予測していた道から逸れ始めた。空港からの客なので、足下を見ているのだ。

市内の道に疎くはないことを伝えようか伝えまいか、自信たっぷりなハンドルさばきの前で躊躇《ちゅうちょ》する。ワンメーターくらいならばよしとしよう。車窓を流れてゆく景色はもう夏だ。梅雨の晴れ間の重たい湿気が毛穴という毛穴から体へと入り込んでくる。

　タクシーは目的地を遠巻きにしてぐるりと回り込み、病院の車止めでメーターを止めた。倍とまではいかないが、それに近い金額が表示されている。亮介は乗務員が差し出した釣り銭を受け取りながら言った。

「絹田《きぬた》君に、伊澤がよろしく言っていたと伝えてください」

「え、誰にですか」

「社長の絹田君ですよ。新潟の道は彼と同じくらい、裏道まで知っています」

　亮介がタクシーを降りても、しばらく後部座席のドアは閉まらなかった。事実、絹田とは定期的な交流会や市の行事などで十年間親しくしている。もう、亮介の退陣劇も細かく耳に入っているころだろう。彼も長く伊澤章子の信望を受けている者のひとりだ。乗務員がこんないんちきをしていると知ったら、さぞ落胆するに違いない。

「お客さん」

　呼び止める声を無視して病院のロビーへと入った。エレベーターの前で深呼吸をして苛立《いらだ》ちを鎮める。タクシーのメーターを見ながら思いだしていたのは片倉と慎吾のことだった。乗務員に八つ当たりめいた態度を取った自分に腹が立つ。

　病室で章子の手を握っても、嫌な心もちから抜け出すことができなかった。見るたびに白髪の印象がつよくなる。増えているのではなくそれが本来の色なのだと、伸び続ける髪が教えた。

生きているという感触を、体温でも静かな呼吸の音でもなく髪の色で知る。亮介が訪れるたびに顔のガーゼもちいさく薄くなり、今はただ眠っているようにしか見えない。

どんな理由で目覚めることを拒んでいるのか、その答えさえ教えてくれない。毎日会っていないことが、なによりいけない気がした。新潟に、戻ろう。

「章子さん、さびしくさせてすみません」

タクシーのことを言ったなら、章子はなんと応えたろう。そんな子供っぽいことをして、と諭したあと「でも腹が立つわね」と笑ったろうか。なんにつけ表情の豊かなひとだった。元気だったころの姿を思い浮かべるだけで、眠っている彼女を傷つけているような気がした。「ごめんなさい」声に出せば余計に章子の笑顔が思いだされた。目を瞑《つむ》ればなお輪郭がはっきりする。このひとはこのまま、眠ったまま老いてゆくのかと思うと泣きたくなる。

「章子さん」

耳元に口を近づけて、そっと呼んでみた。指先にも表情にも、変化はない。顔や頭部の傷は癒《い》えてゆくのに、目覚めることを忘れている。亮介はもう一度同じように妻の名前を呼んでみた。五秒、十秒と経つうちに反応を待つのが苦しくなってくる。

いっそこの人を連れて、新潟を離れようか。

ひとりではなく、一緒に行けばいいのではないか。

瞑った瞼の裏側に「パラディーゾ　カムイヒルズ」からのぞむ景色が広がった。ふたりでこの地にはない景色を見ながら――。そこまで考えて、小木田が抱いていた「春奈」のうつろな瞳が過ぎった。

どこに逃げても章子と自分に訪れるのは静かでさびしい時間なのだった。会社の指揮を執ることができなくなった彼女にとって、先のない静養は死んでいるのと同じだ。

ふたりで、どうやってこの状況を受けいれよう。

亮介はきつく妻の手を握る。長く女社長の「影」として働いてきた。そんなことを思うと、陽のあたる場所にいた彼女が眠っている今、自分の存在も眠らせなくてはいけない気がしてくる。影だけが動いている現実はおかしい。

看護師がやってきた。「ご気分はどうですか」と問いながら、固定された針に点滴のチューブを差し込んだ。看護師は、二日に一度章子の様子を報せてくれるよう頼んでいる病棟主任だった。

「今日もお変わりありませんでしたよ」「そうですか、ありがとうございます」という短いやりとりでも、ささやかな信頼関係が育っている。彼女がいると、病室が明るかった。

「伊澤さん、北海道のお仕事はいつまででしたか」

迷いながら、実は辞めようかと思っていると返した。

「新潟に戻られるんですね」

亮介は返答に困った。章子を東京の病院に転院させる手があったと、今ごろ気づいた。喉元にあったちいさな石が胃の腑に落ちた。あぁ、と思う。自分は章子の後ろ盾のない新潟にいるのが嫌なのだ。

流されるように赴いた「カムイヒルズ」の景色を思い浮かべた。自然に囲まれていても静寂はないのだと教えてくれる木々や虫、風の音。不意に、あのさびしい音を章子に聴かせてあげたくなった。別に、どこでもいいのだ。皮膚に染み込むように聞こえる音を、このひとに――。言葉にするのはためらわれた。

「経過をみながら、追い追い考えていきたいと思っています」

「ご主人がいらした日は、なんとなく手が温かいような気がするんです。毎日話しかけてあげたほうが、奥様もお喜びになると思ったものだから。差し出がましいことを申し上げました。すみません」

病室で、再び章子とふたりきりになる。亮介は話しかける言葉が思い浮かばず椅子から腰を上げた。売店でなにか飲み物を、と思い病室を出た。廊下を歩いているうちに、片倉のことを思いだした。新潟に来るときは連絡するように、という「言いつけ」はほとんど守っていない。亮介の行動を把握しておきたいどんな理由があるのか、考えるのも面倒だ。

今日くらいは報せてもいいのではないか。ふと、そんな気持ちになった。呼び出し音を聞きながら考える。章子とふたりで新潟を出るときに、彼の力が必要になるかもしれない。理由はただその一点だろう。転院を言い出したとして、慎吾は首を縦に振ることはない。そうなると片倉は亮介の「保険」になる。ものの考え方が捻れた人間とつきあうには、こちらも同じだけ逆に捻れて絡まるしかない。

「あなたのほうからお電話とは、嬉しいですねぇ」

亮介は短く「今、市内におります」と告げた。

「市内って、新潟？　今、病院ですか」

「ええ、夕方には戻ります。とりあえず、連絡だけと思いまして。お忙しいところすみませんでした」

電話を切ろうとした亮介を、片倉が止めた。

「病院にいるんですね。もうちょっとそこにいてください。すぐに行きますから。二十分以上待たせませんから、いや十五分で行きます」

片倉は本当に十五分ほどで病院のロビーに現れ、亮介を見つけた途端駆け寄ってきた。

「せっかくこちらに来ているというのに、電話一本で済ませる気だったんですか。ひどいなあ。お昼はお済みですか。ちょっとお話ししたいこともあるんです。お時間をいただけますか」

役員会議での日和《ひよ》った態度や電話の声とはうって変わって、妙に腰が低い。昼飯はどうだとしつこく誘われたが、この男と顔をつきあわせて食事というのも気詰まりだ。

病院のすぐそばにある喫茶店を示し、食欲がないのでなにか飲み物をと告げた。片倉は大げさに亮介の体調を心配するそぶりだが、ただの演技にしか見えない。

古い店内には懐かしい映画音楽が流れていた。ひとつひとつボックスに仕切りがあるのはありがたかった。ランチタイム中なので、客の入りはいいようだ。亮介は案内された窓際の角席に片倉と向かい合って座った。

「北海道は、どんな具合ですか。まだこっちには戻られないんですか」

「使われる身なので文句も言えませんね」

「そんなにへそを曲げないでいただきたいんだなあ。いろいろ思うところはあるでしょうが。そんなつっけんどんな態度でいられたら、わたしもいろいろとお願いしづらいんですよ」

「お願いって、なにをですか。今さら僕が出ていくなにものもないでしょう」

それが、と片倉が声を落とした。心もち首の位置も低くなり亮介の目を下から見上げている。彼は「ちょっと危なっかしいんですよ」と言い、テーブルの上で組んだ手の甲に向かって息を吐いた。

「慎吾君は、古町の『アッシュ』を友人に売りました。あのあたりに二階建てで土地付きなんていう物件、そうないですからね。場所のわりにはいい値段で売れたんですが、その利益を自社ビル建設の手付けにするなんて言いだす始末で。レジャービル建設とかなんとか、やけに話が壮大でして」

「『アッシュ』を、売却したんですか」

「従業員も名前も変えずに、経営者がうちではなく別の人間になったんです」

「あそこは、手放す時期ではなかったと思いますがね」

亮介はあの日マネージャーのケンジから聞いた話を思いだしていた。急に売り上げを伸ばした店に出入りしていたヤマザキという男。慎吾の友人。片倉は「それに」と声を落とした。

「役員を整理し始めたんです。『アッシュ』の売却も、契約してから報せるという横暴ぶりでね。さすがにこれはと思った古参が口を出した途端に」

片倉は「これですよ」と手で首を切る真似をした。

「僕はもう、会社のことを相談されてもなにか言える立場じゃない。それは片倉さんがいちばんよくご存じのはずです」

「ですから、数々のご無礼はこうしてお詫び申し上げて。その上で、と」

片倉がテーブルに両手をついて、頭を下げる。こんな猿芝居に誰がつきあうものかと、亮介はしらけた表情を隠さなかった。ちらりと上目遣いで亮介を見たあと、片倉は更に頭を下げる。気づくとテーブルのすぐそばで、ウエイターがコーヒーをのせた盆を持って戸惑っていた。亮介は片倉に飲み物がきたことを伝え、顔を上げさせた。ウエイターが去っても片倉はコーヒーに手をつけなかった。

「どうしたんですか」と問うと、片倉の視線がいちど周囲を窺ってから亮介に戻ってきた。

「このままでは、分裂どころか会社がなくなってしまいます」

「そんなことはないと思いますよ。慎吾君だって、そんなひどいことはしないでしょう。考え方の相違は、いつだってあったじゃないですか。今は片倉さんしか彼を支えることができないんですよ」

少し持ち上げすぎたか。片倉はコップの水を半分飲んでから、視線を落とし息を吐いた。こんなに安っぽく感情に訴えるような男だったろうか。亮介の疑いは、数か月という短い時間で玉虫色に光る彼の態度に向けられていた。期待してはいけない。この男はあくまでも章子の転院あるいは療養の際に必要な駒であって、理解者ではない。

「章子さんは、目覚めたときなんと言うでしょうね」

片倉の表情がゆがんだ。この男の本心はいったいどこにあるのか。考えながら、どこでもいいと思っている。

章子の目は「いざわ」で働くひとりひとり、アルバイトの若い子たちに向けられていた。それは亮介も同じだった。ただ、今はそのことを心配できる立場にいない。

慎吾が亮介を切った時点で、自分は心配する足場を失ったのだ。

「片倉さん、今の僕にできることはないんです。残念なことだけれど」

立ち上がりかけた亮介を、腰を浮かせて片倉が止めた。二の腕を掴む勢いで「頼むから聞いてくれ」と言う。喫茶店の喧噪《けんそう》が戻ってくる。片倉は数秒黙り込んだあと、かたい表情で切り出した。

「遺言があったんです」

「遺言？」

「ええ。アキちゃんは、自分にもしものことがあったら、と遺言状を書いていたんです」

「僕はそんなこと、ひとつも聞いていない」

「当然です。そんなものがすぐに必要になるなんて、誰も思っていなかった」

「彼女は、生きているんですよ。なぜそんな話になるんですか」

やり場のない怒りが語気に表れた。片倉は先ほどより青ざめた顔で亮介を見ている。猿芝居は終わったようだ。ただ、と言ってから少し間を置いて片倉が言った。

「遺言は、慎吾君がすでに開けてしまったんです」

「どういうことですか」

「彼が中身を知ってしまったということです」

「効力はあるでしょう」

「焼いてしまったと、本人は言っています」

片倉の、尖《とが》った喉仏が上下した。亮介は不思議なほど落ち着いていた。慎吾が亮介を会社から追い出した理由も、この男の企《たくら》みによって新潟を出て北海道にいることも、一本の線なのだ。亮介以外は章子の遺言状の内容を知っている。内容は、彼らにひどく不利なのだろう。そこに伊澤亮介を見張り続けねばならない理由がある。

「なにが書かれてあったのかに興味はありませんよ」

知ればなにがしかの反応を示してしまう。章子が言い残したかったことなのだ。腹を痛めた息子のしたことだ。章子ならば「それもわたしの責任」と言ってさびしそうに笑うだろう。片倉の瞳が充血している。亮介はうつむいてひとつ息を吐いた。

伊澤さん、と押し殺した声で片倉が言った。

「わたしもアキちゃんが目を覚ますと信じたい。でも、それは絶望的なんです。慎吾君もあきらめている。だから遺言状を焼くなんて馬鹿なことを。あなたも気づいてるはずだ」

亮介は応えなかった。章子の名前を出して尻尾《しっぽ》を振る男を直視できない。自分もついこの間までは、こんなふうに見えていたのかもしれないと思う。絶望的、という言葉を耳にして、内にあったわずかな躊躇《ためら》いが消えた。北海道は遠すぎる。亮介は静かに席を立った。

8　釧路・紗希

紗希が釧路駅に着いたのは夕暮れ時だった。海風が寂れた駅前通りを通り過ぎてゆく。この街に戻ると、心なしか風に色があるように思えた。紗希は駅の構内にあるパン屋のイートインで紅茶を飲みながら、母の携帯番号をしばらく眺め続けた。

どうしても、最初のひとことが思い浮かばなかった。

――今、こっちに帰ってきているんだけど。

――ちょっと気が向いて、足を延ばしちゃった。

オーディション会場や、本番前のスタジオで感じていた緊張と変わらない。実家に戻るときになって、この十年間で学んだあれこれを生かさねばならないのが不思議だった。

親に会うのに、まさか「演技」が必要になるとは思わずにきた。事務所をクビになったことをどう伝えたらいいだろう。紗希は携帯電話のコールボタンを押せないまま、駅前から通りへと走り出すタクシーを数えた。

紗希の実家は駅前通りを過ぎて幣舞橋《ぬさまいばし》を渡り、急な坂道を上りきった高台の一画にある。駅から一キロと少し。歩けない距離ではないが、この街の人間は一キロ以上の移動で歩くという習慣がない。どこへ用を足すにも車を使うので、昔栄えていたはずの中心街も人も文化も、今は車とともに郊外へ移動してしまった。

三十分が過ぎたころ、札幌行きの特急列車「おおぞら」の改札が始まったとアナウンスが入った。紗希のすぐそばにいたスーツ姿の男が、広げていたパソコンを閉じて店を出る準備を始めた。店内からひとりふたりと客が出ていく。

連絡もなしに家に戻った娘を見て両親がどう思うかという不安はぬぐえそうもない。けれど、電話で伝えてから戻っても大きな差はないだろう。いずれにせよ周囲をがっかりさせ、同時にやっぱりという納得を与えるのだ。そのためだけに戻ったと自覚するのはつらいが、もう誰に期待されることにも疲れた。

駅前通りをぶらぶらと歩くことに決めて、席を立った。暮れ始めると加速をつけて夜が深まるのは、この街が道東《どうとう》に位置しているせいだった。東京の夜はもっともったいぶってやってくる。そして長い。離れてから十年も経つと、一日の始まりと終わりがずいぶんとずれているのがわかる。

紗希が幼いころはまだ活気のかけらが残っていた駅前の目抜き通りも、さびしいことになっていた。

橋の上に立ち、街を蛇行する釧路川を見下ろした。潮が満ちてきたのか川が逆流している。自分を見ているようだった。坂を上り始めると、肩にかけたリュックが急に重たくなった。歩道を照らすオレンジ色の街灯をいくつかやりすごすと、家が見えてきた。道の先には海があるのだが、陽が落ちてしまったあとは、ただの闇だった。

インターホンを押して「ただいま」と告げる。玄関に現れた母の戸惑う様子を見て、紗希はただ微笑むしかない。

「どうしたの。なんでまた急に。ひとこと言ってくれれば晩ご飯の用意もできたのに」

急に戻ったことを詫びたあとも、母の質問は続いた。どうして連絡もせず急に戻ってきたのか、という問いを言葉を換えながらくり返す。

紗希の記憶にある限り、こんな時間にかっちりと化粧をしている母を見たことはなかった。胸元のあいた黒いジャージ素材のカシュクールとフレアスカート、芳香剤のようなフレグランス。記憶にある母と目の前にいる母を、うまく重ねることができなかった。

「ごめん。迷惑だったかな」

「そんなこと言ってないじゃない。あんまり急だったんで、ちょっとびっくりしただけ」

「出かける予定だったなら、わたしのことは気にしなくていいから」

丁寧なアイメイクも、玄関のすすけた明かりの下ではくすんでいる。「出かけるっていうか」と言う母の語尾が濁った。

「いいよ、わたしのことは気にしないで」

「そんなこと言ったって、お前。そういうわけにはいかないでしょう」

急につよくなった母の語気をうまく受け止めることができない。自分は今日ここに帰ってきてはいけなかった。

外で車のブレーキ音がする。家の前で停まった。数秒後、茶の間から携帯電話の着信メロディーが響き始めた。ダンスアレンジされた「ロック・アラウンド・ザ・クロック」だ。

昔、松竹《しょうちく》の舞台に立っていたというダンス教師の言葉を思いだす。

「その体を思うように動かせたら、最高に見栄えするのに」。彼は紗希の手足が長いことをしきりに残念がっていた。

「携帯鳴ってるよ」

紗希の言葉に身をひるがえし、母が茶の間へとって返した。靴を揃えて家に上がる。なぜ玄関先でおかしな問答になってしまったのか、台所から聞こえる母の言葉で腑《ふ》に落ちた。

「ごめんなさい、今日はお休みします。いいえ、体調はいいの」

娘が帰ってきて、と声を低くする。テレビもついていない。手提げの横にダンスシューズ用のバッグが並んでいた。迎えの車がやってくるのを待っていたところへ帰ってきてしまったらしい。

「じゃあ、みんなによろしく伝えて。本当にごめんなさい」

ごめんなさいのひとことを放つ際の湿った声で、相手は男ではないかと思った。女であれば、遠慮なく出かけたのではないか。そうした邪推を許すほど堂々とした表情で、母が台所から出てきた。

「お母さんがダンス習ってたなんて、知らなかった。いつからなの」

「お前が東京へ行って少し経ってからだから、もうけっこう通ってるかも」

「なんで黙ってたの」

「笑われるかと思って」

「休まなくてもよかったのに」

ダンス教室を休むと決めたあとは、念入りな化粧が滑稽なほど背中が丸まっていた。ご飯はまだかと問われ、うなずく。なにも用意がないという。教室のある日は、終了後に仲間と食べる約束をしているのだと言った。そうだ、と母が軽く手を叩いた。

「『東《あずま》や』に行って、一緒にお蕎麦《そば》でも食べようか」

「いいね。久しぶり」

東京へ送り出してもらったころの微笑みに戻っていた。紗希はうなずいて、リュックから財布を抜き取った。

「あんたは手ぶらでいいから。ちょっと待って、着替えてくる」

母が階段を上がってすぐに、ダイニングテーブルの上に置かれたスマートフォンから鈴の音がした。思わず光る画面を見た。

『今日は残念です。次、楽しみにしてますから』

ＬＩＮＥの文字が無機質だ。通信相手の名前に「翔也《しょうや》」とあった。ひとつため息を吐く。ぐるりと茶の間を見回した。テーブルもソファーもテレビの位置も、紗希がこの家を出たころとなにひとつ変わっていない。けれど、なにかが変わったのだ。辺りに漂う香水のにおいに、なまめいた気配を感じて首を振る。

階段を降りてきた母は、Ｔシャツにジーンズ、薄手のパーカーを羽織っていた。化粧は落としている。つい先ほど見たダンス着姿を思いだすのも難しいほど、紗希の知る母に戻っていた。

「お前、そんな格好で寒くないかい。夜は冷えるよ」

「駅から歩いてきたんだけど、陽が落ちるとちょっと肌寒いね」

いつの間にか、浜育ちの母と同じイントネーションになっている。抑揚がついて、もうこの土地の人間に戻ってしまっていた。

子供のころから、お蕎麦といえば「東や」だった。東京へ出て初めて食べた更科《さらしな》蕎麦は、おいしかったけれど、なにか別の食べ物だった気がする。

「もりそば」、店のメニューも見ずに紗希が言うと、母は目元の皺を深めて「やっぱり」と言って笑った。

「お前はちっちゃいときから必ずもりそばだったもんね」

紗希は胸に溜まりつつある疑問を口にした。

「ねぇ、お父さんは今日遅いの」

「ずっと、遅いんだわ」と返す母の視線が蕎麦屋の厨房に逸れた。辛抱強く次の言葉を待った。母の言葉よりも先に、蕎麦がきた。母も若いころから変わらず「かしわ」だ。父が好きだったのは「天ぷら蕎麦」。ひとくちすすったところで、母が口を開いた。

「お父さん、家に帰ってこないんだわ」

「なんで」

定年間近の父が残業続きで会社に寝泊まりしているとは思えなかった。父と母になにがあったのか。考えたそばから、LINEにあった名前が浮き上がってくる。かしわ肉を口に入れ、飲み込んだ母がぽつりと言った。

「あのひと、女いるのさ」

「女って、お父さんに？」

「もう三年くらいになるかな。家のローンは終わってるし、生活費は入れてくれるし。わたしも週に何日かパートに出て気が紛れてる。郵便物は会社に届くようにしてあるようだし、宅配便なんかは携帯電話に連絡が入るし、なんでも便利な世の中だねぇ」

「本当なの」

「嘘言ってどうするの。問題は別れたあと、わたしが生活できるかどうかだけなんだ。お父さんは責任だけで生活費をくれるけど、それだっていつまで続くか」

ただでさえ重い浜の語尾がいっそう重くなり、湿った気配を漂わせる。自分のことを訊ねられて、答えて、そしてそのあとわたしたち家族はどうなってしまうのだろう。なんでそんなことに、とつぶやいていた。なんでって言われたって、と母が追う。

「いろいろあったんだよ。わたしたちも、お前の仕事がうまくいくようにって、ずいぶんがんばったんだ。応援してくれる地元のひとが呼んでくれる会に義理で顔を出してるうちに、なんだかお父さんの様子がおかしくなって。女がいるってわかって、どうしようか悩んでたところにダンススクールに誘われたの。今の女はたぶん三人目か四人目。噂で、お前とそんなに年が違わないって聞いて、あきらめがついた」

父以外の男に優しくされて手を握られダンスを踊り、母の心も別の場所に向かった。

「けどねぇ、昔は考えもできなかったような派手なドレスを着て踊ってると、みんなこっちを見てるんだよね。なんだかそれが気持ちよくてねぇ。ターンのたびに必ず誰かがわたしを見てるんだよ」

ひとの内側の、見てはいけない場所に迷い込んだような気がした。母の態度のそこかしこに、意識的なのか無意識なのか、すべての原因が紗希だったと言いたい気配を感じ取る。

自分の内側にある過剰な自意識が母から受け継いだものと知ったとき、落としどころのない場所へと気持ちが沈んだ。

「明日、帰るね」

「なにかあって帰ってきたのと違うのかい。仕事、うまくいってないんだろう」

「事務所を辞めたの」

「こっちに戻るのかい」

「いや、まだそこまでは考えてない」

「戻ったって、恥ずかしいだけだもんね。わたしもそうだ。きっとお父さんも同じだったんだろうさ。人生、思わぬところから狂っていくんだ」


トンネルをひとつ抜けるたびに景色が変化した。紗希は釧路駅で買った秋刀魚《さんま》の寿司折《すしおり》を開けた。折に斜めに並ぶ寿司をひとつ口に入れる。ネタの上にのせた酢漬けの薄切り大根が生臭さを消している。夜は温野菜と豆乳にしなくちゃ――。毎日の食事のカロリー配分を計算する癖はまだ抜けていなかった。

故郷から遠ざかるほどに、車窓を流れてゆく空の色が薄くなった。道央《どうおう》に近いところに来ている。次の駅が、南神居町への乗り換え駅だった。実家には二泊したが、母の遠回しな恨み言につきあい続けた。一度堰《せき》を切ってしまうと、母も自分では止められないようだった。不思議と、父とのあれこれは、聞けば聞くほど心が痛まなくなった。そして実家にいるあいだ、なぜか伊澤のことばかり考えていた。

　紗希は列車を乗り継ぎながらのんびり旅をする予定を変えた。東京へ戻るのは、もう一度伊澤の顔を見てからにする。決めてしまえばあとは気が楽だ。紗希を見て戸惑う顔や、日々を悟ったふうの落ち着きに触れたかった。そして、ほんの少しでいいから母のように恨み言を言ってみたかった。

　――伊澤さんおすすめの実家は、さんざんでしたよ。

　笑いながら言葉にすればきっと楽になる。吉田プロが誰にもなにも言わずに逝ってしまった理由を思うとき、不思議と紗希のつま先は明るいほうへ向いた。それがなぜなのかわからないまま、乗り継ぎ駅のホームから霞みがかった空を見上げた。

　一時間ある列車待ちのあいだ、伊澤に二度電話を入れたが、「ただいま電話に出ることができません」のアナウンスが流れた。仕事中かもしれないと思うと、自分よりも彼の置かれた状況のほうが気の毒に思えてきた。

　伊澤のことを考えると、胸奥に柔らかい風が吹く。彼は紗希よりも老いているぶん不幸であり、そのことを内側に隠しておける大人だった。彼の胸にある傷を素手で撫でてみたい。痛みと癒やしの均衡《バランス》は、よりいっそう伊澤を輝かせ、紗希を救ってゆくに違いなかった。

　小木田に連絡を取ろうにも、彼は携帯電話を持っていなかった。今日も春奈とふたりで湖を見下ろしているのだろうか。カムイヒルズの部屋はいつでも好きなときに使っていいと言われているが、本当に甘えていいものだろうか。

南神居町の駅前スーパーで常温保存のできるものを買い込んだ。カフェオレ用のミルクも、豆乳ならば保存パックのものがある。出来合いのカフェオレもあるが、やはり配分はいつも通りにしたい。シリアルは一週間分、クロワッサンも袋入りのものをいくつか。買い物かごに日持ちのするヨーグルトをひとつふたつ入れているうちに、実家での時間が薄れていった。

レジ袋を提げて、紗希は駅前に停まっているタクシーにカムイ温泉までの料金を訊ねた。

「山の裏側のほう？　それとも湖のところ？」

「湖のあたりまでなんですけど」

二千円ちょっとかな、と乗務員が言った。伊澤が紗希からの着信を見ていないと考えるのは楽天的すぎるだろうか。いや、と首を振る。無視しているのではなく忙しいのだと言い聞かせる。

「お願いします」タクシーの後部座席に滑り込んだ。

「カムイ温泉って言っても、湖側と山ひとつ挟んでもうひとつあるんだよ」

「同じ温泉名なんですか」

「いや、カタカナとひらがな。湖のほうは泉質はいいんだけど、リゾートホテルが参入しようとしたところで地元とひと悶着《もんちゃく》あってさ。バブルがはじけるちょっと前の話だな。もう二十年以上前だから、お客さんなんか生まれてるかどうかっていう時代だよ」

流れてゆく国道沿いの林を見ながら、運転手の話を聞いていた。ひとり言のように語られる十数分間で、カムイヒルズのおおよその事情がつかめてきた。

湖側の温泉は当時五軒の温泉旅館があったが、大手地銀の融資を取り付けたリゾート会社が、土地の買収に乗り出したところで頓挫《とんざ》した。旅館組合や地元住民の反対で時間を無駄にしたリゾート会社はその後、山をひとつ隔てた場所を新しい標的にする。話はすんなりと進み、土地の買収も問題なかった。ただ、温泉を掘るのにずいぶんと金がかかり、加えて源泉が違うのか水温も上がらなかった。しかしそこは大手の意地で、高級感を売り物にして首都圏からの集客を狙った。山の上に建つ「孤高のリゾート施設」は立地条件が防犯にうってつけということで、国際的な会議にも使われた。

「それでもさ、やっぱり地元を相手にしない商売は駄目だね。景気が悪くなったとたん、パタッといっちゃった」

運転手が左手首から先をフロント硝子の真ん中で折る真似をした。

「そこ、もう営業していないんですか」

「いや、またどこかが営業を再開するって噂だな。一時は廃墟みたいになってたけど、どっかの国の成り金が買い取ったって聞いたよ。山の上だからね、草が生え始めて三年も経ったら誰も近づけないべさ。お客さんきれいだから、その関係で撮影かなんかあるのかなと思ったんだけど。なんだ違うのかい」

紗希は運転手に、イクノマートの前で停めてくれるよう頼んだ。カムイヒルズまで乗ったら、なにを訊ねられるかわからない。料金を支払い降りようとした紗希に、彼は愛想のいい顔で振り向いた。

「ここに用事があったんなら言ってくれればいいのに。親父《おやじ》さんによろしく伝えてよ。鎌田《かまた》タクシーって言ってくれればわかるから」

紗希を店の親戚かなにかと勘違いしたらしい。にっこりと笑って応えた。タクシーが遠ざかるのを待って、坂を上り始める。もうそろそろ太陽が山の端に届きそうだ。

見上げた建物の窓に西日があたってまぶしい。レジ袋を提げて坂を上りながら、伊澤が気づいて出てきてくれないかと思う。紗希のいる場所から一階は草に隠れて見えない。坂の半分を過ぎたところで、彼からも紗希が見えないことに気づいた。

駐車場までたどり着いたが、伊澤の車はなかった。電話の返信もない。小木田のBMWがこのあいだと同じ場所にあった。紗希が帰省しているあいだに雨でも降ったのか、車体にうっすらと滴の筋がある。

「紗希さぁん」

声のするほうを見上げた。小木田がベランダの窓から体を半分だして紗希に手を振っていた。紗希も手を振り応えた。この安堵感はいったいなんだろう。小木田の隣には春奈がいた。

もうどこにも自分の居場所などないのだと気づいた。途端に体が軽くなる。紗希はもう一度、七階に向かって大きく手を振った。春奈が手を振り返す。

春奈さん。

紗希さん、早く。こっちこっち。

小木田に寄り添い、春奈が手招きしている。

エレベーターの扉が開くと、小木田が部屋の前でちいさく手を振った。紗希も真似る。

「小木田さん、またお部屋をお借りしてもいいですか。なんだかまっすぐ東京に戻る気になれなくて、すみません」

「いいよ、いつでもいらっしゃいって言ったでしょう。春奈も紗希さんに会いたがってたんです」

二十年もひとりぼっちにさせてたから、と小木田が笑った。招かれて、春奈の待つ部屋へと入った。やはり紗希が先日借りた隣と同じく、ワンルームのほとんどがベッドで占領されている。開け放した窓から、新緑のにおいが入ってくる。壁紙はずいぶんとすけてところどころめくれ上がっているが、ここには人の気配があった。春奈がベッドの上で壁に背をもたせかけている。うつろな眼差しには、小木田しか映っていないようだ。

ミニキッチンでお湯を沸かす小木田を見た。紗希は春奈と彼を視界に入れるため窓辺に立った。ふたりのあいだにゆっくりとした時間が流れている。どこにいるよりも、ふたりを見ている時間にほっとしている。小木田は春奈をさびしがらせぬようこの部屋から出ない。

二十年もひとりぼっちにさせてたから。

「どうしました、紗希さん」

答えようとするが声が出なかった。再びどうしたのかと問われて初めて、自分が泣いていることに気づいた。理由を伝えられない涙がするすると頬を流れ落ちる。

「小木田さん、わたし、どうして泣いているんでしょうか」

嗚咽《おえつ》が喉を熱くする。

どうして泣いているんでしょうか。

自分の言葉に泣いている。自分の居場所と春奈の居場所の遠さに泣いている。みんなみんな、わたしから去ってゆく。吉田プロも、父も、母も。

わたしは、誰ひとり幸せにしてあげることができませんでした——。

小木田が差し出したマグカップを受け取った。ベッドの端に腰掛けた彼と向かい合う。ローズヒップティーのにおいが部屋に広がった。

「このお茶、春奈が好きなんです」

「すみません、なんだかさびしくなっちゃったのかもしれないです」

「大丈夫ですよ」

だいじょうぶ――、吉田プロがよく使っていた言葉だ。だいじょうぶよ。だいじょうぶ。なにが確かで、なにが良い結果で、なにが間違いのないことなのかわからない。大丈夫だったものなど、いままでひとつでもあったろうか。小木田が春奈の隣に座った。ふたりを見ていると、この部屋に流れている時間だけが確かなもののように思えてくる。

「春奈さん、幸せそう」

「春奈が幸せなら、僕も幸せです」

ずっとひとりだった。ひとりきりで起きて、ひとりで食べて、ひとりで眠って、ひとりでずっと仕事がくるのを待っていた。しょっちゅう替わるマネージャーのアドバイスも、その都度ちゃんと聞いてきたはずだ。

紗希ちゃんは素顔で勝負できるんだから、どこも変えずに行こうよ。

脱ぐ前に、今できることとしっかりやっていこうよ。

なんかねぇ、きれいなわりにインパクトがないんだ、淡いんだよな。

紗希ちゃんならどこまでも行けるよ、がんばろうよ。

規則正しい生活をしていないと、表情も肌も荒《すさ》んじゃうよ。

固定ファンさえついちゃえばこっちのもんなんだけど。

白川紗希は賞味期限付きの商品だと気づいているくせに、納得を避けていた。小木田が春奈の肩に手を回し、柔らかな声で言った。

「春奈、紗希さんが遊びに来てくれたよ。嬉しいね」

小木田と春奈の時間に紛れ込むと、坂の下のことが遠くなる。窓の外を見た。夕暮れだ。

「春奈さん、二十年もここで小木田さんを待っていたんですか」

「うん、二十年。よく待っててくれたよね」

ひと呼吸おいた小木田が「聞いてくれますか」とつぶやいた。

窓に背を預けて腰を下ろす。立てた両膝の上でマグカップを持ち彼と春奈を見上げた。小木田はひとつ深呼吸をしたあと、穏やかな表情で隣にいる春奈の肩を抱き寄せた。

「この子と出会ったころがいちばん欲の深い時間を過ごしていたような気がします。僕は外車販売の会社をやっててね、当時はおもしろいほど高級車が売れたんです。毎日銀座で飲んでました。部屋に戻って着替える暇がないときは、行きつけのブティックで上から下まで買い換えて、そのままクライアントのところへ行くんです。車は次から次へと売れてゆくし、それがおかしな現象だとは思わなかった。不思議なもので、危機感をあおってるやつらのほうが変な人種に見えてたな」

当時の小木田は顧客の紹介で、北海道のリゾートマンションを購入することになった。まだ建設途中だった「パラディーゾ　カムイヒルズ」だ。最上階の五部屋をまとめて買った。

そのうちの三部屋はリフォームでワンフロアにする予定だった。羽田から九十分、湖を見下ろす楽園。

　金が貯まるのは、彼が生身の女に興味を覚えなかったせいもあった。つきあいで酒は飲むけれど、女には入れ込まない。自宅に戻れば椅子という椅子に「彼女たち」が座っていた。それだけが心のよりどころだった。

「みんな僕になにひとつねだらず、黙って帰りを待ってるんです。部屋に戻ると、ただそれだけで嬉しそうな顔をする。あの子たちの顔を見たらどんな疲れも吹き飛んだなあ」

　そして、膨張を続けていた経済は崩壊する。

　じわじわとしぼんでゆく業界と、一夜にして文無しになる者と、そのはじけ方の速度はさまざまだったけれど、小木田の暮らしは一か月を待たずに元のかたちを失った。

「売り掛け金がね、すごかったんだ。個人じゃどうにもならない。いちばん最初に価値を失ったのが、このマンションだったんです。恥を忘れてかけずり回ったけど、昨日まで一緒に遊んでいた人間がみんなどこかに行っちゃって会えなくなってた。株投資もしてたからあっという間に駄目になったね」

　語る瞳が澄んでいた。もうずいぶん遠い昔の話だから、と笑っている。

「小木田さん、わたしは日本の端っこで生まれたし、正直バブルなんてよくわからなかった。父は清掃会社の事務職員だったし、母もずっと家にいたし」

「好景気なんてきっと大都市のお祭りだったんだよ。そういえば実家、どうでした。久しぶりの里帰りだったんでしょう」

紗希は曖昧に笑った。小木田もそれ以上の質問をしなかった。

「僕、あれからいろんなことしたけど、結局なにも残らなかったな。ここに来る直前は、もう浮浪者同然。体重も半分に落ちてしまったし、金を借りる友達なんかひとりもいないし、仕事も住むところもない。なんとか車だけ調達して、ここにたどり着いたってわけ」

「調達？」

小木田は照れ笑いで人差し指を鉤《かぎ》のように曲げてみせた。

「ＢＭＷなら、鍵がなくても動かせるんだ」

駐車場に停まっている小木田の車を見た。笑いがこみ上げてくる。盗難車だったのか。小木田も一緒に笑っている。

「あいつを調達して、途中あちこちで軽く悪さをしてお金を手に入れた。来たときは、まだ建物があったことに感激したよ。そして春奈が待っててくれた」

小木田が言うと、不思議と悪いことをしたようには聞こえなかった。すべて楽園にたどり着くために必要だったのだと思えてくる。

「小木田さん、どうして春奈ちゃんを二十年も待たせたんですか」

小木田の表情がくもった。

「ごめんなさい。こういうことあっさり訊いてしまうの、わたしの悪い癖かもしれない」

「いや、いいんだ。自分でもどうしてなのか、ここに来てからずっと考えてたことだから」

どうしてだろうな、と小木田が春奈の肩を引き寄せる。数秒の沈黙のあと彼は「あぁ」とうなずいた。

「なにひとつ、欲がなくなったあとに思い出せたのがこの子だったからね」

「欲、ですか」

「うん、昔みたいな生活がしたいとか、こんな自分は格好悪いとか、どん底から這い上がったやつへのやきもちとか、そういうの全部なくなった。スカッと気持ちの上から削り取られてしまったんだな。僕、欲がなくなるって奇跡に近いことじゃないかと思うんですよ」

小木田の手がけた商売はことごとく駄目になり、借金ばかりがふくれあがった。何度も転ぶことはできても、たった一度立ち上がることができなかった。

小木田さん、それはあなたの欲がなくなったのではなく、あなたが欲に見放されたんです。言葉にするのはためらわれた。

「あのとき僕ね、すべて手に入ったって思ったぶんだけ、ひとはすべてを失うと思ったんです。あとは首を吊《つ》るくらいしかすることがないなぁって、すごく静かな気持ちになって。さぁどうしようかなとぼんやり考えていたら、春奈が僕を呼んでいる気がしたんです」

幸せ以外のなにものでもないですよ、と小木田は言った。

「紗希さんも、カムイヒルズに呼ばれたんじゃないですか」

「わたし、呼ばれてここに来たんですか」

「つらい思いをしているときに、春奈が僕をここへ呼んだように、紗希さんも伊澤さんに会いたくてやってきたんでしょう」

伊澤の名前が出ると、心臓が大きく前後に揺れた。

長くひとを好きになることを拒絶してきた。このくらいのことは我慢などではないと思っていた。つまらない恋のせいで仕事に支障があってはいけなかった。支障があるほどの仕事がこなくても、「いつか必ず」と自分を律してきたのではなかったか。

あまりに長く——春奈の半分だけれども——そんな生活を続けてきて、恋しいという気持ちがどんなものだったか忘れている。わからない。

「ちゃんと伝えてみたほうがいいと思いますよ。なんにつけ、男は勝ち負けに左右されるぶん心が弱いから。勝算のないことにはなかなか踏み込めない。紗希さんはきれいだから、男はみんな気後れしてしまうんだ。大丈夫ですよ、彼は大人だから」

だいじょうぶ。だいじょうぶよ、紗希ちゃん——。

吉田プロの声が耳の奥に蘇る。

誰か、彼女に「だいじょうぶ」と言ってあげたひとはいたろうか。「ダイアモンド」で働く女の子たちはみんな彼女を失って泣いたけれど、あのミシンはもう別の誰かが使っている。

紗希が好きだったドレスも、新しく入った子が気兼ねなく着ている。

「小木田さん、さびしいときに会いたいと思うのは、好きということですか」

「そういう側面もあると思います」

「そのひとが幸せなままでいてほしいと思うのも、好きということですか」

「つまりそれが、好きってことですよ」

ひとつ腑に落ちたことがある。伊澤の妻が彼の望むように目覚めてくれるよう祈りながら、そのときが少しでも遠くにあるよう願ってもいた。

「伊澤さん、どこへ行ったんでしょうか」

「わからない。朝早くに出ていったのは知ってるけど。ここ、七階だけど駐車場の音ってけっこう近く聞こえるんです。建物の壁を上ってくるんだろうね」

新潟に帰っているのかもしれない。明日には戻るだろうか。小木田がカップを台所に戻して再びベッドの縁《へり》に座った。

「その窓から一日じゅう湖の景色を見ていると僕、いろいろあったけど幸福だったかなと思えるんです。できればここで時間を止めたいな」

時間は止まらない。この春に紗希が気づいたことのひとつだ。数秒の沈黙のあと、小木田が「紗希さん」と向き直った。

ベッドから立ち上がり、台所の細いカウンターの上から鍵を手に取る。

「隣の鍵です。どうぞ、好きに使ってください」

「ありがとうございます」立ち上がり受け取る。紗希は傍らのレジ袋からヨーグルトを取り出した。

「これ、春奈さんに。一日一食の発酵食品は、美容と健康に大切なんです。どうぞ」

小木田は荒れた頬いっぱいに皺を寄せてヨーグルトのカップを受け取った。紗希は壁に背をもたせかけている春奈に「じゃあ、また」と言って玄関に出た。ドアノブに手をかけたところで小木田が言った。

「紗希さん、僕になにかあったら、春奈のことをお願いできますか」

なにかあったら、の意味が呑み込めず男の顔を見上げた。背後にあったはずの太陽は沈み、もうあかね色の稜線を残すだけだ。玄関の電球は切れているのか暗くて彼の表情まではわからない。

「また僕が春奈の面倒をみることができなくなるようなことがあったら、そのときはあなたに彼女のことをお願いしたいんです」

「わたしに、ですか」

「春奈はあなたのことが大好きだし、あなたは春奈にとてもよく似ている。彼女がさびしい思いをしないようにさえしてくれればいいんです。お願いします」

紗希は薄闇に向かって深くうなずいた。

駐車場に車のエンジン音が響いた。小木田が言うように、音が壁を伝って部屋の中へと入ってくる。ベッドから体を起こして駐車場を見下ろす。小木田の車は昼間と同じ場所にあった。

湖側の雑草を照らしていたライトが消えた。伊澤が戻ってきた。闇の中で息を潜めた。携帯電話を開いて午後九時の表示が九時十分になるまで眺めた。窓の外は再び黒一色に戻り、湖の対岸に旅館の明かりが瞬いている。

画面に電話帳を開き、伊澤の番号を表示する。ためらいが、小木田の言葉と重なったり離れたりを繰り返す。

つまりそれが、好きってことですよ――。

この感情がただの甘えならば、さほど迷うこともないだろうと思った。新潟で眠り続けているという伊澤の妻のことを考えると、気安く電話などしていいのかどうか迷う。迷いながら、携帯画面を見続けている。胸の内を振幅する重りが次第に速度を速める。右へ左へ、迷いは大きくふくれあがり、はじけた。紗希は発信ボタンを押した。

「こんばんは、伊澤です」

「すみません、夜遅くにお電話なんかしてしまって」

伊澤は、今ちょうど部屋に戻ったところだと言った。どこへ行っていたのか訊ねてみる。

「新潟に行ってました。日帰りはやっぱり疲れますね」

伊澤の息が耳に流れ込む。少し間が空いてしまった。ご実家ですか、と伊澤が問うた。

「実家は、なんだかあまりのんびりできませんでした」

「じゃあ、もう東京に戻られたんですか」

ひとつ息を吸い込んで「いいえ」と答えた。

「カムイヒルズの七階にいます。小木田さんのお部屋をお借りしました。駐車場に車が入ってくるのを見て、お電話したんです。ごめんなさい」

「いや、ちょっと驚きましたけど、別に謝ることは」

新潟の天気を訊ねてみる。暑かったですよ、と伊澤が答えた。

「北海道の気候は、一週間あればこの涼しさと湿度の低さに慣れてしまうものなんだなと思いました。この時期の新潟の空気は重いんです」

「そういえば東京は梅雨の真っ最中ですね。あんまり帰りたくないな」

「僕は、いいかげん戻ろうかと思っているところでした」

不意を突かれて黙り込んだ。伊澤の声が東京の湿気よりも重たく響く。

「空港さえ近ければいつでも戻れると思っていましたが、やっぱり思ったようにはいかないみたいだ」

そうですか――自分の声が鈍く耳に戻ってくる。

「いつ戻られるんですか」

「それはまだはっきりとは。会社に相談してからと思います。引き継ぎもあるだろうから。無責任なことですが」

「向こうに戻られても、また会っていただけますか」

「ダイアモンド、辞めたんでしたね」伊澤の声にためらいを感じた。さびしさがにじり寄ってくる。

「お客様とホステスじゃないと、会えませんか」

「そういう意味ではなくて」

伊澤の言葉から紗希が欲しているものを掘り当てるのは難しかった。伊澤の声が変化する。話題を変えたい気配が伝わってくる。

「ご実家、あんまりのんびりできなかったとおっしゃっていましたね」

「両親が離婚するとかしないとか、やり直しがきかないところまできてしまってるみたいでした。わたしの仕事がうまくいっていなかったことが原因みたいです」

ぽつぽつと、実家で見た光景や母の言葉の切れ端を並べた。東京で会ってくれという言葉に期待どおりの反応を得られなかったことが、よりいっそう気持ちを湿らせた。

電話を切るチャンスと明日へ向かうきっかけを逃してしまった。

紗希の脳裏を小木田と春奈の幸福そうな笑顔が過ぎった。

「すみません、こんなお話をするつもりじゃなかったんです」

紗希がひとりでからまわっている。どうして伝わらないんだろう。どうしてこんなことをしているんだろう。

明日、と男が言った。

「明日またゆっくり話しましょう。もう、遅いですし」

あぁ、さびしい――。

とても、さびしい――。

「明日、またお茶でも。僕のところにはインスタントしかないけれど、よかったら」

あぁ、さびしい――。

とても、さびしい――。

「はい。ありがとうございます。じゃあ、また明日。おやすみなさい」

静かな闇が戻ってきた。静かすぎて泣けてくる。拒絶の気配に心揺れながら、このいたみがいつか演技の役に立つんじゃないかと、まだ心の隅で期待している。うっすらとした傷のひとつひとつが、いつか自分につく「役」のためじゃないかと思っている。暗い現実が紗希に降り注いでいた。自分のことを世界でいちばん不幸な人間と思うと、光の差す場所が見えてくる。

窓の外の闇が薄くなった。月が移動している。楽園の上を通り過ぎ、いっとき辺りを照らして山の向こうへ消える。

夜を眺めているうちに、うとうとしたらしい。壁に響く音で目覚めた。

こつこつ――。

小木田の部屋から響いてくる。小木田が壁を叩いている。こんな時間に伊澤との残念な会話を報せる気にもなれず、同じように二度壁を鳴らした。

こつこつ――。

数十秒に一度ある小木田からのコールに、応えた。二回、三回。七回で数えるのをやめる。

音はうとうとしては響き、その間隔はどんどん開いていった。夜はしっかり眠るという癖は、場所を変えても心もちがどうあっても、紗希を支え続けている。

不規則な生活はいけない。すべて肌にあらわれてしまう。

この生真面目さがいけなかったとは思わない。

いつか必ず――。

小木田の鳴らす壁の音が、紗希のこれからを励ましてくれている。

こつこつ――。

音は次第に遠くなり、消えた。

9　楽園の蜘蛛

遠くで着信音がする。目覚めてもなかなか携帯電話に手が伸びなかった。浅い眠りを繰り返しているうちに、窓の外はもう明るくなっていた。亮介は簡易ベッドの下に手を伸ばし、携帯電話を手に取った。紗希からだった。

「おはようございます、伊澤です」

起き上がりながら、枕元にあった腕時計を見た。午前八時。明け方から少し眠れたようだ。水の一杯も飲まないと言葉も出てこない。電話の向こうは静かだ。かけてきておきながら、紗希はひとことも話さない。

「もしもし、伊澤です。なにかありましたか」

首の後ろを揉みながら、もういちど訊ねた。よろよろと立ち上がり、台所に置きっぱなしになっているペットボトルの蓋を回す。紙コップに注ぎ始めるころ、ようやく紗希の声が聞こえた。

「伊澤さん」

はい、と返し喉に水を流し込む。胃の底に水の落ちる音が聞こえてきそうだ。考えてみたら昨夜は食事らしい食事をしていない。新潟空港で買ったサンドイッチだけでひと晩眠れてしまった。昨夜はとてつもなく疲れていた。白川紗希の様子がおかしいことに気づいていても、それを積極的に訊きたいと思わないほどに。

どうかしましたか、と二度言った。携帯電話を耳から離して、ひとつ深呼吸をする。かろうじて「小木田」という言葉を聞き取ることができた。小木田がどうかしたのかと問う。

「七階に、来てくださいませんか」

かすれ声で「お願いします」と続いて通話が切れた。亮介は小用を足したあと洗面鏡で自分の顔を見た。顔を洗い、配管くさい水でうがいをする。この、じわじわと内側からしみ出すような疲れがいつから続いているのか考えてみた。章子の誕生日からか。いや、と首を振る。発火点がどこでも、今の心もちを変えることなどできない。

七階の表示にランプが点《とも》り、エレベーターの扉が開いた。数歩先に白川紗希が立っていた。

「おはようございます」紗希が丁寧に頭を下げる。一瞬、先ほどの電話は悪い冗談だったのではと思うような仕草だ。白いシャツとジーンズ姿は変わらないが、先日よりも頬の白さが増して見えた。

「どうしたんですか、いったい」

「伊澤さんの顔を見たら、ほっとしてしまって。すみません」

「小木田さんは、部屋ですか」

「電話なんかして、ごめんなさい」

紗希の瞳は確かにこちらを見ているようなのだが、目が合う感じはしなかった。彼女の肩越しに小木田の部屋のドアを見る。声を聞きつけてやってくることを期待したが、いっこうに小木田は現れない。亮介はもう一度、一音ずつ切るようにして訊ねた。

「小木田さんが、どうかされたんですか」

質問には答えず、紗希はよろけながら回れ右をした。亮介に背を向けたあと、小木田の部屋の前まで歩く。ゆっくりと彼女のあとをついてゆく。紗希がドアノブに手をかけた。

開いたドアから炭のにおいが溢れ出した。窓から入ってくる風が室内の空気を押す。靴を脱ぐ紗希の背中を見ていた。ドアが閉まると同時に、空気の流れがゆるやかに止まった。

窓の向こう、坂の下に湖がある。稜線を包む朝の空は、澄んだ空気のせいで青黒い。窓のすぐそばに、先日ジンギスカンを焼いたバーベキューコンロがあった。ベッドで占領された部屋で炭など熾《おこ》されてはたまらない。火事にでもなったらどうするつもりか。亮介はそこまで考えて、自分の発想も紗希の視線と同様、どこか焦点が合わなくなっていることに気づいた。

部屋の中央で立ち止まった紗希が、こちらを振り返る。この場にそぐわない会釈で、亮介を部屋へと招いた。部屋の静けさと炭のにおいがなにを示すのか、紗希の隣に立ってようやく理解できた。

ベッドの上に、小木田が横たわっていた。初めてカムイヒルズにやってきた夜に見た古いブランド物のスーツ姿だ。極端にサイズが合わなくなっていた。まるで骨格標本に着せてでもいるようだ。

小木田の横に、ウエディングドレスを着た春奈がいた。小木田と絡めた手に興味もなさそうな瞳で、天井を見ている。ぐるりと室内を見回す。コンロの炭はすでに灰になっていた。壁に取り付けられた換気扇は、ガムテープで塞《ふさ》がれている。

一酸化炭素中毒——。

紗希は虚ろな瞳で小木田を見下ろしていた。亮介は息を吸い込みたいのをこらえ、スラックスのポケットから携帯電話を取り出した。一瞬どちらにかけるのが正しいのか迷ったが、あきらかに息が無いとなれば、やはり警察だろう。

画面を開き、「1」のボタンを押しかけたところで紗希が亮介の手首を掴んだ。細い指が皮膚に食い込む。どこにこんな力があるのか、思わず彼女の顔を見た。

「白川さん、このままにはしておけないでしょう。なにをするんですか」

「どこにかけるんですか」紗希がしっかりとした眼差しで言った。

「警察です」

「そんなこと、小木田さんも春奈さんも望んでいません」瞳が潤み、妙な光をたたえている。「望むとか望まないとか、そういう問題ではないんですよ。よく見てください、ちゃんと届けないと」

これは明らかに自殺でしょう、という言葉を呑み込んだ。彼女から、先ほどの頼りなげな気配が消えていた。

「おふたりとも、幸せそうだと思いませんか」

亮介の背筋に覚えのない悪寒《おかん》が走る。ラブドールと手を握り合って死ぬことのいったいなにが幸せなのか。

「小木田さん、やっと幸福になれたんです。春奈さんと一緒に旅立つことができたんです。バブルがはじけてからは、なにをやっても駄目だったって。小木田さん、今度は望みどおりの結末を迎えられたんです。警察に届けて人の話題になることは、小木田さんも春奈さんも望んでいません」

だからそういう人情的な問題ではないと——。

言いかけた亮介の手首に、更につよい力が加わる。かたちの良い爪が皮膚に刺さる。本人が望みどおりの結末を迎えたのはいいが、それを発見した側の最善の対処というものがあるだろう。亮介の、人の死を悼む感情はどこかへ置き去りになっていた。なにも入っていないはずの胃がこぶしひとつぶん持ち上がった。

「さっきお電話をしてから伊澤さんがこちらにいらっしゃるまでのあいだ、わたしいろいろ考えました」

紗希の瞳は揺るぎない心もちを表すかのように、ぴたりと亮介に焦点が合っている。

「いろいろって、なにをですか」

「小木田さんがなにを望んでいらしたか、です」

それに、と彼女が続ける。

「あることないことを報道されると、伊澤さんも大変なことに。帰りたいときに新潟に帰ることができなくなったら、それこそわたしどうしていいか」

だから、と窓の外に一度視線を移し、紗希が静かに言った。

「小木田さんを、静かな場所にお連れしましょう」

耐えきれず、部屋の外に飛び出した。いったいいつ揃えたのか、紗希の靴はしっかりとつま先を外に向けていた。エレベーターのボタンを押し、急いで乗り込む。閉まりかけた扉が開き、紗希が滑り込んできた。

一階のフロアに出た亮介の肘に、紗希の手が触れる。促されるように建物の外に出た。吐き気は薄れたが、森から漂ってくる新緑のにおいに今度は呼吸が苦しくなった。

亮介は紗希に肘を取られたまま、カムイヒルズの横で途切れている坂道へと出た。

湖に背を向け、紗希が山側へと歩き始める。簡易舗装が途切れたところから少し離れると、そこから先は落葉松林《からまつばやし》になっており、朝だというのに薄暗かった。紗希に手を取られ、膝丈ほどある雑草をかき分けてゆくあいだ、亮介は幾度か切り倒された木株に脛《すね》をぶつけた。

湿った土の上に落葉樹の細かな葉が積もっている。足裏に緩衝材を踏んでいるような感触が伝わってくる。草の下の障害物などものともしない足取りで、紗希が歩いてゆく。亮介には、木株が彼女を避けているように見えた。

「ここです。ここにしましょう」

立ち止まったのは、カムイヒルズの建物から二十メートルほど林の奥に入った場所だった。薄暗がりのなか、女の瞳が濡れて光っている。

「どういうことですか」

「この場所に、小木田さんを埋葬してさしあげたいんです」

亮介は大きく息を吐いた。どんなに丁寧な言葉を使ったとしても、それは立派な犯罪だ。死体遺棄――。

首を横に振った。「いけませんよ」のひとことがなかなか出てこない。紗希のまっすぐな瞳を見ていると、今それを口にしてはいけないような気持ちになってくる。

しかし、と亮介はもう一度首を振った。言わねばならない。息を吸い込むと同時に、紗希の瞳からひとしずく大粒の涙がこぼれ落ちた。

「小木田さんをここに眠らせてあげたいんです。東京では、なにひとつ上手くいかなかったとおっしゃってました。望んだ場所で望んだ結末を迎えられたことを、今は心から喜んでさしあげたいんです。わたしには彼の気持ちが」

瞳からまた涙がこぼれ落ちた。亮介はなにをどう伝えようか考えあぐね、結局、もっとも無難な言葉を並べてしまった。

「小木田さんのことをお考えならばなおのこと、警察に届けるのがいちばんだと僕は思うんです」

「なぜ警察に届けるのが、小木田さんのためなんでしょうか」

「ご親族やご友人が、彼を探しているかもしれないでしょう」

「探してくれる親族や友人がいれば、小木田さんはカムイヒルズに戻りませんでした」

驚くほどきっぱりと言い切られ、放つべき言葉を失った。紗希は毅然《きぜん》とした頬に意味のわからぬ自信まで漂わせ、なにを祈っているのか胸のあたりで両手を合わせている。

説得の機会を逃し続けた。

同時に、深い森のにおいが胸を満たしている。白川紗希の真剣な表情を見ていると、一瞬「犯罪」という括《くく》りや「死体遺棄」といった生々しい罪名が薄れた。

それに、と彼女が声を落とした。

「カムイヒルズで事件が起きたら、伊澤さんを困らせることになってしまいます。小木田さんも春奈さんも、わたしもそれを望んでいません」

決して上手い説得とは言えない。作りものめいた言葉が並んでいるだけだ。

なのになぜ。亮介はうなだれ、目を閉じた。

眼裏《まなうら》に浮かぶのは、病院のベッドで眠っている章子の姿だった。いつ逝ってしまうのか、良い意味でも悪い意味でも、いつも誰かが彼女の死を待っていた。胸に在るものはそれぞれに複雑そうな様相を呈しているが、みなどこかで彼女の死を意識して日々を過ごしている。昨日新潟で片倉から言われた言葉が、一日経ってこんなかたちで目の前に現れるとは思わなかった。

わたしもアキちゃんが目を覚ますと信じたい。

絶望的なんです。あなたも気づいてるはずだ。

どうすればいいんだろう、章子さん。亮介は眠り続ける妻に問うた。眠りの底で章子がなにを望んでいるのか、森のにおいが胸や頭に充満して肝心なところが霞んでいる。けれど、と思う。風に応える木の梢《こずえ》も、湿った土も、生きている。章子も生きている、まだ。

帰ろうという思いが、昨日とは別のかたちで亮介の胸に迫ってきた。どうしてあのとき、新潟を出ようなどと思ったのか。亮介は一刻も早くここを去ろうと顔を上げた。

瞼を開けると、見たこともないほど美しい女が涙を流していた。

太陽が高い場所へと移動した。建物の裏側に細い光の束がちいさな日だまりを作り始める。

陽光はいっとき木々の間から草や幹を照らし、すぐに去ってゆく。錆《さ》びついたショベルは、建築作業員の忘れ物だろう。柄の部分にマジックで名前が書かれているようだが、泥と手垢《てあか》で「一」の文字以外が読み取れない。

木株を避けて穴を掘るのは実に厄介なことだった。ここぞと思ってショベルを入れるが、容易に掘り進めることができそうな場所はなかなか見つからない。草や木の根にぶつかりながらひとつふたつ失敗し、ここなら掘れそうだと判断した場所は、紗希が決めたところから建物側へ十メートルほど近くなっていた。

紺色のコットンパンツは朝露と泥に汚れている。クリーニング業者に出す際になんの汚れかと訊ねられるかもしれない。自分が穴を掘っている理由については深く考えられなかった。

ポケットの中で携帯電話が鳴り始めた。木々にこだましては、草に吸い込まれる。自分を呼ぶ音がたったひとつの現実に戻る鍵のような気がする。急いでポケットから携帯を取り出した。

電話の主は紗希だった。

「こちらの用意は整いました。伊澤さんのほうはいかがでしょうか」

「まだ、もう少しかかりそうです」

「それじゃあ一階まで降ろしたあと、わたしもそちらに参ります」

土を掘る道具はないかと問われたときも、管理人室のがらくたの中からショベルを見つけたときも、紗希は堂々としていた。

白川紗希を見ていると、ガラスケースに守られた、美しい人形を思いだす。

幼いころ、どこの家にもあったフランス人形だ。床の間や玄関、時代という風景に溶けていたもの。誰もが毎日目にしているのに、そこにあるのがあたりまえになってしまい、目の大きさやポーズの不自然さに気づけなかった人形。

もうすこし深く掘らなければ。このままでは上から土をかけることができない。長いこと力仕事などしてこなかったせいか、思ったように体が動かなかった。

ショベルの肩に体重をかけて、土の底に向かって突き刺す。穴の横に積んだ土の中から、親指ほどもありそうな幼虫が這い出てくる。急に夢から覚めてゆるゆると体をうねらせる青白い幼虫の姿は、紗希の頬や、ウエディングドレス姿で横たわっていた春奈を思いださせた。

「伊澤さん」

不意に名前を呼ばれ、建物側を見た。右手を軽く振りながら紗希がこちらへ歩いてくる。よく通る彼女の声が森の中に響いた。

「わたしもお手伝いします」

「いや、だいじょうぶ。もう少し時間をください、僕が掘ります」

手伝ってもらおうにも道具は自分が使っているショベルひとつしかない。そんなことはわかりきったことなのに、紗希の表情は遠慮なく曇った。

「それでは、あまりに申しわけないです」

「あなたがする仕事じゃない」

仕事、と言葉にしてしまってから、いったいなんの仕事かと自分に問うた。なにもかもが彼女のペースで、彼女の思いどおりに動いている。亮介はそれを止めることができない。逃げるタイミングを失い続けているうちに、ねばつく糸に全身を搦《から》め捕《と》られてしまう。

蜘蛛だ――。

紗希の口からこぼれる言葉は強靭《きょうじん》な蜘蛛の糸に似ていた。どんな隙間にも入り込める細さを持って、ひとたび網となったあとは、もがけばもがくほど亮介の自由を奪ってゆく。

惚れたわけでもない女に、なぜここまで引きずられるのか、なぜ自分は素性もわからぬ男を入れる墓の穴など掘っているのか。もう、蜘蛛の糸に搦め捕られたとしか表現のしようがなかった。紗希が視線を建物の端へと移し、指さした。

「伊澤さん、あちらに咲いているのはなんの花でしょうか」

十メートルほど先に、オレンジ色の花が咲いていた。テッポウユリに似た形で、新潟の、海岸沿いの砂防林で見かける花によく似ている。

「カンゾウだと思うけれど、どうだろう」

紗希が首を軽く傾げて「採ってもいいですか」と言うのでうなずく。白川紗希は、そよそよと体温と変わらぬ温度の風を吹かせ、亮介の思考を停止させる。もう、ため息も出ない。

体はひたすら土を掘るために動いていた。

　紗希が草をかき分けて亮介から離れた。カンゾウの花を手折《たお》り始める。穴の横に土を盛りながら、ときどき白いシャツを視界に入れた。花を摘む紗希と、オレンジ色の花が、森に置かれた花束のように見えた。

　ここまで掘れば、なんとかなるだろう。

　穴の中で伸ばした腰に痛みが走った。盛り上げた土は亮介の肩まである。土の中から指一本ほどもある幼虫が穴へと転がり落ちた。亮介は幼虫を踏みつぶしたあと、穴の大きさを確かめた。木の根が邪魔で、まっすぐな長方形とはならなかった。棺桶は入らないが人間だけならなんとか収まりそうだ。額から流れ落ちる汗をシャツの袖でぬぐう。盛った黒い土を見ていると、自分を横たえるために掘ったような気がしてくる。体のあちこちから痛みがふき出した。腰の次は腕、そして手だ。ショベルを穴の壁にたてかけ、手のひらを見た。右手の親指と人差し指、指の付け根にできた肉刺《まめ》がすべて破れて出血していた。

　伊澤さん――。

　声のしたほうを見上げる。紗希の微笑みはヨーロッパの絵画を思わせた。慈悲深い眼差しに、亮介も気づけば笑顔で応えている。手のひらから腕、腰と、順に痛みが薄れてゆく。

「そろそろ、こちらにお連れしましょうか。小木田さんは、一階までいらしています」

「重くなかったですか」

紗希は「ええ」と言ったあと、腰をかがめて右手を差し出した。亮介は首を横に振った。

「大丈夫です、ひとりで上がれますよ。それに、僕の手はとても汚い。触ってはいけません」

肉刺を握りしめ、拳《こぶし》を土の山が低いところへ突き立てる。ひとたび這い出て振り向くと、穴の大きさに不安がでてきた。

「入るかな」

「充分だと思います。ありがとうございました」

なにについて話しているのかわからなくなる。体の痛みと同調して思考も麻痺《まひ》し始めていた。ひとたび手を汚すと、正邪や善悪の判断など、針の穴を見つけた空気のように易々《やすやす》と次の場所へ走り出してしまう。

急に空腹感が襲ってきた。腕の時計を見ると、十二時になろうとしている。建物に向かって歩き始めた。肩先が触れるほどの近さで紗希がついてくる。今や彼女にも、それほど恐れを感じなくなっていた。

朝、小木田の遺体を見たときの「警察へ」という判断に間違いがあったとは思わない。けれど、今こうしていることにも間違いを感じない。脳裏に章子の姿が過ぎるたび、これでいいのだという思いが強まるのだ。できることならば、と音にせず章子に話しかける。

章子さん、僕たちもふたり一緒にそっと消えていけたらいいのに——。

そうすることができたらどんなにいいだろう。人のかたちをしていられるのも息があるおかげなのに、この息に何の意味があるのか、という思いも亮介を苦しめる。意味を持たないことのかなしみが、小木田と春奈の姿に重なった。

駐車場に出ると、天頂にある太陽が亮介を照らした。歩みを止める。紗希の肩が腕に触れた。思わず拳を握る。手のひらにできた新たな肉刺が破ける感触のあと、つよい痛みがやってきた。紗希が亮介の肘を摑んで歩き出した。

エレベーターの扉の前に置かれた毛布のかたまりを見ても、亮介はもう驚かなかった。胸の底に「これを埋める穴だったのだ」という納得が沈んでゆく。ほかの感情は湧いてこなかった。

小木田の遺体は毛布に包《くる》まれ、首の部分と胴、足首を白いレース状の紐で結んである。

「なにか縛るものをと探していたら、春奈さんがこれを使ってほしいっておっしゃって」

紐はウエディングドレスに使われていたものだった。

「そうですか、春奈さんが」

さぁ、と紗希が小木田の足首部分を持ち上げた。亮介も首に巻かれた紐に手を掛ける。やせ細っていたとはいえ、大柄な男の体はふたりで持ち上げられるような重さではなかった。紗希がじりじりと小木田を引っ張り始めた。亮介は手のひらに走った痛みで思わず紐を取り落とした。足下で鈍い音がした。頭蓋骨が割れる音だった。胃液がこみあげてきた。

「伊澤さん、どうぞこちらを」

紗希が、持ち上げている小木田の足首を示した。

カムイヒルズの建物から、紗希とふたりで小木田を引きずり出した。駐車場に降ろす階段の数だけ、小木田の頭蓋骨は砕けて鈍い音をたてた。穴のそばへ小木田の遺体を運び終えるころ、亮介の腰は悲鳴を上げた。なかなかまっすぐには戻らない腰に両手をあてて少しずつ空を振り仰ぐ。木漏れ日の差す場所が光の筋を束ね、ひどく美しかった。

小木田を穴の中へ転がした。周囲から土が崩れ落ち、毛布に降りかかる。紗希は慈悲深い眼差しで毛布を見下ろしたあと、土をかけようとした亮介を止めた。

「待ってください。ひとりじゃかわいそう、せっかく幸せになれたのに」

紗希がその場に亮介を置いて、建物に向かって走り出した。白いシャツが緑の中に浮かんでいた。背中に羽でも生えているのではないかと思うような軽やかさだ。紗希の後ろ姿を見ていると、足が本当に地を蹴っているのかどうか疑いたくなった。

小木田の亡骸《なきがら》を見下ろしながら過ごす数分で、亮介は今後自分が取る行動を順序よく並べた。ひとつ目は、会社に辞意を伝えること。新潟に戻り、潔く章子の最期を看取《みと》るのだ。ふたつ目は、妻の死を待つ自分と向き合うこと。どんなに長い時間になろうとも耐える。新潟を離れたのは間違いだったことを認める。

掛け違ったボタンを戻さねばならない。章子がこの世から消えたあとのことは、そのとき考える。目の前に広がる景色を見ていると、虫の羽や葉が風に擦れる音が大きくなってゆく気がした。太陽の光が地表に届く瞬間にさえ音があるのではないか。それほどに今の亮介にとって「自然」は騒がしかった。

建物の陰から、唐突に白いものが現れた。女がふたりこちらに向かって走ってくる。息を切らし、近づいてくる。手を伸ばせば届きそうな場所に来るまで、亮介にはどちらが紗希でどちらが春奈なのか、わからなかった。


七月の最終土曜日、数日照り続けていた太陽が、ひととき雨雲に隠れた。新潟に戻ってからの一か月、毎日章子の病室とマンションを往復している。

四か月のあいだに、いざわコーポレーションもずいぶんと様変わりしていた。亮介を皮切りに、口うるさかった古参の幹部は次々と一線から外れている。月々「顧問」という肩書きに与えられるのは、小遣い銭程度の報酬らしい。「アッシュ」をまるごと買い取った慎吾の友人ヤマザキは、そこを拠点にして古町にある土地を買い叩いていると聞いた。ヤマザキがなにをするつもりかわからないが、噂で荒っぽい買収経緯を耳にする限り、筋のいい人間ではなさそうだ。

情報のほとんどは片倉から入ってきた。片倉は、病室でぼんやりしている亮介を昼食やコーヒーに誘ってはは会社の話をしたがった。

片倉は二日に一度は病室に顔を出し、亮介の健康状態を訊ねたり、興味のない話題を振ってはひとりでしゃべり続けた。煩わしいのは、生活費は足りているかどうかという探りを入れてくることだった。収入のない亮介を心配しているふうを装っているが、真意はよくわからない。片倉はときおり「自宅へ寄らせてもらっていいか」と訊ねるが、亮介は適当な理由をつけて断り続けている。

マンションを出る際、いちど部屋の中をぐるりと見渡すのが癖になった。家にいるときは掃除くらいしかすることがない。章子との生活で身についた「始末」の良さは健在で、使ったものを元の場所へ戻す習慣ひとつで住む場所を整然と保つことができた。

新聞も、溜まったところで部屋から出す。朝食は部屋で食べたが、不思議と目立ったゴミは出なかった。ゴミをひとつにまとめるたびに思いだすのは、カムイヒルズでの出来事だった。

亮介は小木田の遺体を埋めたその日のうちに辞意を伝えた。突然の申し出にも、上司は驚かなかった。今後も販売を継続するかどうかは未定という。「パラディーゾ　カムイヒルズ」は再び配電を止め、施錠された。

あの日搭乗手続きのゲートでバッグを受け取るまでがいつもより長く感じられたのが気になっている。紗希とは新千歳空港の入り口で「別々に行動しよう」と提案したのを最後に、顔を合わせていない。結果的にうまく撒《ま》いたかたちになったが、彼女をひとりにしたという罪悪感は覚えなかった。

それよりも野生の動物たちが遺体を掘り返しはしないか、次の業者へと鍵が回ったあとはどうなるのか、考え始めるときりのない不安が腹から胸へとせり上がる。

亮介は新潟に戻ってすぐに携帯電話の番号を変えた。あのまま紗希と過ごしていたら、という想像はしない。彼女が放った蜘蛛の糸はその後も毎日悪夢を見せ続ける。記憶のなかで、想像のなかで、紗希が日増しに美しくなってゆくことも恐ろしかった。

新潟に戻り毎日章子を見ているうちに、亮介は妻が命を削りながら眠り続けていることに気づいた。それからは、章子の命と一緒に終わってしまうものから、ひとときも目を逸らさないよう努めた。

玄関で靴を履こうとしたところへ、携帯電話が鳴り出した。新しい番号は介護士の片倉と章子の入院先にしか報せていない。鳴るたびに病院からではないことを祈っていた。

ポケットから取り出す。病院の名前が表示されていた。

看護師長の「すぐにいらしてください」という言葉を耳の奥で繰り返しながら、亮介は病室へと急いだ。

その日、亮介が着くのを待っていたように、章子は静かに息を引き取った――。

最期は胸がいちど大きく反り、しぼむように平らになった。息を引き取るとはこういうことかと、妻の亡骸を見つめながら思っていた。最期の息は、吐くのではなく吸うのだ。ため息は生きている証なのだろう。いったいなにが章子の命を奪ったのか。亮介はぼんやりと妻の静かな表情を見て思った。

担当医が死亡時刻を伝えて退室する。

亮介がベッドの枕元の椅子に座って別れの時間を過ごし始めたところで、片倉と慎吾が病室へ入ってきた。

片倉は「アキちゃん」と言ったあと嗚咽し始めた。慎吾は、亮介の向かい側で母親を見下ろしている。いつもはポケットに入れている両手が、スーツの袖からだらりと出ている。無言だ。その目にはなんの感情も見て取れない。亮介は義理の息子に対して、どんなあわれみも抱けなかった。

席を立った。自分が彼女と過ごしてきた十年と、彼女が息子と過ごしてきた時間を秤にかけることはできない。母と息子の時間を邪魔してはいけないような気がして、片倉を伴い廊下に出た。

片倉は洟《はな》をかんだあと、両肩を落とした。

「アキちゃん、いい顔をしてましたね」

泣くための気力もなかった。心もちは湖面のように凪《な》いでいる。別れはひどくあっけなく、自分の体からそげ落ちた感情がどこへ流れていったのか確かめる術もない。

「片倉さんにはこの先、いろいろとご面倒をおかけしますが、よろしくお願いします」

頭を下げた亮介の両肩を、片倉ががっしりと掴んだ。目にはもう涙がない。片倉の頬が硬く盛り上がっている。唇がきつく結ばれて、全身に力が入っているのがわかる。

「伊澤さん、ここから先、僕らは一蓮托生《いちれんたくしょう》です」

章子を失った直後の言葉として、ふさわしいとも思えなかった。

「あなた、一蓮托生の使い方を間違っていますよ」

肩から彼の手を外す。こんな場面の過ごし方を、片倉も同じく見失っているのだろうと思った。ひとつ息を吐く。病室の中で慎吾はどんな思いで母親の亡骸と向き合っているのか。

手洗いに向かって歩き始める。両足が地面に着いている感じがしない。妙な浮遊感に襲われて、立ち止まった。視界が斜めになった。

「大丈夫ですか」

亮介が一歩踏み出すより先に、片倉の手が亮介を支えた。嫌悪感が、崩れ落ちそうになる体を持ち上げた。

「立ちくらみです、大丈夫」

その夜、マンションに戻った章子の亡骸に抹香臭さは似合わなかった。亮介は葬儀会社が運び込もうとした仏具を断り、彼女が好んだクラリセージとラベンダーのアロマオイルを、ありったけのポットに垂らした。

応接セットを壁側に寄せて作ったスペースに寝かされているのは、もう章子ではなかった。

派遣された「死化粧」専門のメイクスタッフは章子の髪を黒く染め、ただ目を閉じているだけのような表情を作ってみせた。今にも起き上がって「ジムへ行かなくちゃ」と言いそうだ。片倉もしきりに似たようなことを言っては鼻をぐずぐずいわせている。亮介がうまく言葉にできないことは、不思議なほど片倉のひとり言が代弁してくれた。

旅支度が整った妻の枕元に座り込んだあとは、もうまばたきをするのも嫌になった。部屋の中を慎吾や片倉が勝手に動き回っているが、帰ってくれと言うのさえ面倒だ。

「章子さん」

彼らに聞こえぬよう、そっと妻の名を口にしてみる。二度呼んだ。なにも返ってこない。

「事故の後、あなたをひとりきりにしました。ごめんなさい」

目を瞑ると、鼻先に湿った土のにおいが漂ってくる。あの日カムイヒルズで見たものはいったいなんだったのか、新潟からも北海道からも逃げた亮介につよく問うてくる。なにを現実として捉えたらいいのか、境界も曖昧だ。

「ごめんなさい、章子さん」

亮介は枕元に畳まれた白い布を開き、章子の顔にのせた。鼻先に漂っていた土のにおいが、慎吾のつけているつよいオーデコロンに変わった。

「なにか食べたらどうですか。店屋物だけど巻物が届いてます。どうぞ」

「いや、わたしはまだ。すみません」

慎吾はふんと鼻を鳴らし、横たわる母親の足下であぐらをかいた。

「で、あんたは片倉になにを聞かされていたんだ。もういいだろう、言えよ」

脅しをかけるような低い声だ。亮介はいったいなにを言われているのかわからず、片倉の姿を探した。片倉はダイニングチェアに腰を下ろし、こちらを窺っている。亮介が目で問うと、片倉は左腕の時計を気にする素振りを見せながら、右手で首の後ろを揉み始めた。

「慎吾君、片倉さんがどうしたんですか。章子さんの前で、その態度はどうかと思いますよ。説教くさいことを言うつもりはないけれど」

慎吾は「充分説教くせぇんだよ」と片頬を上げて笑った。

「遺言書が二通あったこと、知ってて戻ってきたんだろう、あんた」

「二通って、どういうことですか」

「俺の目に付く場所と、片倉のところに一通ずつ。俺が見つければ開けて焼くことまで計算に入れてたおふくろとあんたの、薄汚い仕込みにまんまと嵌《は》まるとは思わなかった」

「片倉さん、どういうことですか」片倉の視線はこちらに向かない。

「俺はお前に訊いてんだ。一度新潟を出ていったはずが、なぜこっちに戻ってきたのか、ちゃんと説明してもらいたいんだよ」

「慎吾君、頼むから今日だけはそういう話を待ってもらえないか」

白無垢みたいな布団に横たわる章子に、こんなやりとりを聞かせたくない。いや、と首を振った。章子はもういないのだ。

片倉、と慎吾が声を低くした。

「どうなるか、わかってるんだろうな」

片倉がのろのろとした仕草で椅子から立ち上がり、こちらを向いた。布団の向こう側で足を止める。空気が揺れてアロマの香りが通りすぎた。片倉は青ざめた顔で慎吾を見下ろしている。

「すまないが、片倉さん、腰を下ろしてくれませんか」

片倉は枕元の白い布をちらりと見たあと、亮介の横に立て膝をついた。そしてひとことずつ区切りながら、哀願するような声で言った。

「遺言書が二通なんていうのは、よくあることじゃないか慎吾君。なにをそんなに怒っているのかわたしにはわからんよ」

「お前は、俺が遺言書を焼いたと言ったとき、なんてことをしてくれたんだと騒いだじゃねえか。呆《ぼ》けたか老いぼれ。どうなんだ、おい」

「よく覚えているよ、慎吾君」

「それならなぜ、もう一通あることを今の今まで黙っていたんだ。片倉、お前ここから生きて帰れると思うなよ、この猿芝居野郎が」

片倉の頬に赤みが差し、目に光が戻った。

「慎吾君、さっきも言ったとおり遺言書は裁判所でしかるべきときに開封されるんだ。わたしが生きてここから帰らなくても、手続きは滞りなく進むんだよ」

「ふざけんな、馬鹿野郎」

「アキちゃんには、今日のことが見えていたんだ。きみはわたしが預かっていた遺言書のことを黙っていたのが気にくわないようだが、これでも一応弁護士のはしくれなんだよ。この世界には、リーガルマインドというのがあるんだ。最後の最後に、自分たちが守ったものに守られてゆくんだよ。魂は、売れないんだ」

片倉の演説に、時も場所も忘れて思わず笑いそうになる。亮介は、この春からの片倉の態度にようやく納得した。この男には最後に自分の身を守る切り札があったのだ。

とにかく、と片倉は言葉を切った。

「明日、すべてを役員会で話すよ。慎吾君、事を起こしてなにもかも失うのは誰なのか、ここはよく考えてから発言すべきだよ」

片倉は演説の最後を「これがわたしの親心というやつだ」と締めた。

「おふたりとも、今日はもうお引き取り願えませんか」

亮介の言葉に、慎吾が目の前のものをすべて蹴り飛ばしそうな勢いで立ち上がった。母親には目もくれず、足音をたてて部屋を出てゆく。

「片倉さん、あなたも今日はもう」言いかけた亮介の顔を覗き込み、片倉が言った。

「伊澤さんいいですか、ここから先は、天地がひっくり返ります。アキちゃんの弔いが終わったあとは、悲しんでいる暇がなくなります。それだけは覚悟しておいてください。手続きの一切はわたしがいたします。どうか、いざわコーポレーションを守ってください。お願いします」

亮介は首を横に振った。もうなにも耳に入れたくない。はやくひとりになって章子の不在を確かめたい。明日の自分がどうなろうが、もう知ったことではない。これからの自分を生かしておくのはただの後悔だとこの男に伝えたかった。

10　東京・紗希

紗希はピンク色のエプロンを着けた。「すみれデイケアセンター」でも、白いシャツとジーンズはユニフォームのようになっている。スタッフ全員が女性という職員たちの平均年齢は紗希よりもひとまわり高い。

『朗読スタッフ募集』の張り紙を見つけたのは、文京区白山《ぶんきょうくはくさん》のワンルームに引っ越して間もなくのことだった。

コンビニから部屋に戻り、すぐに電話をかけて面接を受けることになったのだが、後に施設長から、かかってくる電話の話し方が面接だったと聞いた。

「目も耳も弱くなっちゃったお年寄りたちに届くかどうか、わたしたちって電話の声を聞けばどんな人か、お年寄りにどのくらい優しく接してくれるかわかるのよ」

時給は安いが、センターで知り合った顧客たちからの「個人的」な朗読要請は積極的に請け負っていいと施設長は言う。

「介護には資格が要るけれど、朗読サービスとかお話し相手は特技として生かしていいと思うの。センターの時給じゃとても食べてはいけないから、おじいちゃんおばあちゃんのご機嫌を損ねないように気をつけてくださるなら、白川さんがお持ちの時間を上手に使ってやりくりしてくださいね」

前任の朗読スタッフは劇団員だったが、役がついて地方公演が入るようになり辞めていた。声の通りには多少自信がある。ボイストレーニングの成果なのか、紗希の声は娯楽室の隅々まで届いた。

紗希が「すみれデイケアセンター」の朗読スタッフとなってからひと月近くが経とうとしていた。喉の健康を保つために、朝のヨーグルトに豆乳をプラスするようになった。なんとなく調子がいいような気がしている。

「すみれデイケアセンター」の売りは、専門スタッフの「朗読サービス」だ。同じような施設が次々に開業するなか、ほかと同じサービスでは客が集まらない。ボランティアによる折り紙や唱歌合唱はもう見向きもされない。スタッフがすべて若い韓国人男性という施設もあると聞いた。老人施設も夜の街と大きく違わなかった。

火曜、木曜、週末と祝日が紗希の出勤日だ。午前と午後の部それぞれ一時間ずつ、休憩を挟みながらさまざまな活字を朗読している。紗希が勤め始めてから半月ほどで成果があったらしい。施設長が言うには「すごい人気」だという。

ほかの施設から移ってきた新しいグループと古参のあいだに、ちょっとした諍いがあるということは耳に入っていた。

施設長は「よくあることなのよ。そこはわたしたちの役目だから」と、紗希を矢面《やおもて》には立たせない。派閥も諍いも、知らないふりができるのはありがたかった。

「すみれ」の朗読スタッフとしてささやかでも居場所があることは、伊澤と連絡が取れなくなった心細さをいっとき忘れさせてくれた。恐ろしいのは、伊澤がいないと北海道でのことが夢になってしまうということだった。このままだと、小木田と春奈を幸せにできたという実感が時間とともに薄れてしまいそうなのだ。ふたりが幸福な場所にいることは、伊澤としか共有できない。

よき理解者だった吉田プロを失ってしまったあと、自分を深く理解してゆくために、紗希自身が吉田典子の送っていた日々を模倣するようになった。行動、言葉、心の隅々まで彼女の善《よ》きところを真似ることで、自分の存在の意味を確かめるのだ。今のところ、大きな間違いは犯していないような気がする。老人たちが喜ぶ姿を見ていると、つよく実感できた。

今日の朗読は、新聞記事と月刊文芸誌の官能短編小説特集だ。小説のときは、心を込めても感情は込めずに「語る」。新聞記事の文章には感情がないので、その逆だ。

コツは朗読中の老人たちの反応を確かめながら、一週間ほどで覚えた。

紗希が娯楽室に入ると拍手が起こる。「紗希ちゃん」というかけ声もかかる。最初にそんな歓迎があった日は、どんな顔をして良いのかわからなかったが、今は恥ずかしがらずに微笑むようにしている。声のしたほうに向かって手を振ると、心地よいざわめきが返ってきた。

今日の参加者は二十六名。まずまずの数字だった。紗希がやってくる前から通所していたグループが十六名、噂を聞いて「すみれ」に鞍替《くらが》えしたグループが十名。両者は付き添いやスタッフがあけた細い通路を隔てて、それぞれふんわりとかたまっている。これ以上人数が増えるとゆったりとは座れなくなりそうだ。六十代半ばから九十代まで、半数が補聴器を着けていた。紗希の朗読のときだけ我慢して着ける老人もいると聞いている。

「みなさん、おはようございます」

ここでは紗希の、どんな動きや言葉にも笑顔と拍手が返ってきた。この拍手が自分への評価なのだと思う。舞台の大きさを測ったり、さびしく思ってはいけない。

さびしいのは伊澤と連絡が取れないことひとつきりだ。負の感情が伊澤に向かって流れてゆくおかげで、ときどきいる意地の悪いスタッフの声も気にならない。挨拶をしても無視されるくらいのことは、ホステスをしていたときにもよくあることだった。

「今日は青空が広がって、気持ちのよい朝でした。みなさんはしっかりお目覚めですか。ご体調のすぐれない方はいらっしゃいませんか」

ぐるりと室内を見回した。みな肩をゆらしながら笑っている。

「紗希ちゃん、ここにいるみんな、体調のすぐれない年寄りの集まり。だからあなたの声を聞きに来てるんですよ」

佐野悦郎《さのえつろう》という芸名で四十過ぎまで日活《にっかつ》の俳優だったという彼は、朗読サービスのある日は必ず「すみれ」にやってくる。朗読用の本は通所者の希望に添って選ぶのだが、彼のリクエストはいつも川端康成《かわばたやすなり》だった。ほかの希望との兼ね合いもあるので長いものは読めないが、掌編小説ならば、十分で二本ほど紹介できる。「火に行く彼女」という非常に短い一編がお気に入りで、明日は小石川《こいしかわ》にある彼のマンションを訪ねる予定も入っていた。

引退して三十年以上経っていても「田中留夫《たなかとめお》」の本名で呼ばれることを嫌い、施設のスタッフもみな彼を「佐野さん」と呼んでいる。

「ありがとうございます。みなさんの笑顔に元気をいただいているのはわたしのほうです。今日も感謝を込めて、朗読いたします」

嗄《か》れた拍手と歓声。紗希の心もちはゆっくりと老人たちの居場所まで下りていった。

まずは新聞二紙の社会面と生活面、読者投稿欄に二十分を割く。女性たちはおおむね、社会面よりも生活面の「悩み相談」を熱心に聞いているようだった。

今日の悩みはお盆の帰省時に夫の実家へ行くのが憂鬱という主婦からの投稿だ。できるだけ軽やかに、リズム良く読み上げる。朝一回しか練習していないが、区切りでは必ず「どこも同じねぇ」というひそひそとした合いの手が入り、室内の空気が同じ方向へ流れてゆく。誰かが「わがままよねぇ」と言えば同調のさざ波が立ち、「休みなんてせいぜい長くて三日なんだから、我慢すればいいのに」と囁けばいくつかの首が上下に揺れる。

楽しんでいる様子でもないのに必ず要望があるのは、老齢の投稿者が綴《つづ》る「日々の雑感」だった。彼らにとっては、声を上げて文句を言える明確な素材らしい。

――だって、嘘だものそんな話。

――いい年して遠回しな自慢話ばかり。その新聞、生活面の担当が替わってから急に投稿欄がおもしろくなくなったんだよ。年寄りを小馬鹿にしてるんだ。

紗希はそんな客席の反応を笑顔で聞いている。反論も同調もしない。老人たち、とりわけ朗読サービスを楽しみにしている彼らにとって「さわやか」と「おだやか」はしらける単語のようだ。

逆に、官能小説特集では誰も音をたてないし、どこからも声がしない。ぜんそく持ちの老人がときどき咳き込むだけで、それもほかのコーナーから考えるとかなり遠慮がちだった。内容は夫以外の男との逢瀬《おうせ》によって肉体的な快楽が花開いてゆく女性の心理を描いたものだが、生々しい表現が続き男女の肉体がからまりあうシーンでは音が活字になっている。ほぼ同じ箇所で、老人たちの皺だらけの喉仏が大きく上下する。

紗希は官能描写のラストにかかるクライマックスを、心がけてよりゆっくりと朗読した。

『彼女の両脚の付け根に、唇をおしあてた。顎の位置をゆっくりとずらす。待ち焦がれている花弁に舌を滑り込ませると、女が香った。よりつよく彼女の芯を刺激する。匂いに埋もれる唇も鼻先も、自分の血のすべてが股間に流れてゆくようだ。指先でやさしく彼女を押し広げる。やめて、という言葉を聞き入れたりはしない。男を待っている体は、柔らかく熟れて、もう落下しそうなほどだ。ここまで来た、やっと繋がりあえる。彼女の蜜《みつ》で濡れた唇を、乳首へと移動させ、首筋から唇へと上る。女の舌に蜜の味を伝えた。

つよくそそり立つものをそっと押しあてる。背中から腰へ、脚へ向かって女の体がしなやかに波打つ。波に誘われ、呑まれるように彼女の内側へ突き進んだ。襞《ひだ》のひとつひとつが蠢《うごめ》き、奥へ奥へと誘導する。必死でこらえ、満ちてゆく快楽に身をまかせた。女が細く長く、男の名を呼んだ。体全体で締め上げられているような窮屈さに、思わず声が漏れた。奥の扉がきつく閉まった。たまらず往来を始めると、女の腰も揺れ始めた。迷宮の蜜は溢れては流れ、流れては溢れ続けた。終わらない快楽がふたりを包んでいる。ふたりにはもう、出口など必要なかった』

朗読を終えると、一拍おいて室内に拍手が鳴り響いた。車椅子の膝掛けを握りしめて涙を浮かべている老人に向かって微笑むと、皺だらけの頬が持ち上がり、ほとんど歯を失った洞《ほら》穴《あな》のような口が大きく開いた。

自分の笑顔ひとつで喜んでくれている人がいること、心がけて仕事を意識することで得られる賞賛は、タレントの仕事が入るのを待ちながら接客していた「ダイアモンド」時代とはまったく違う。ここは敵地ではない。老人たちは、紗希を見に来る観客なのだった。

拍手が薄れ始めたころ、次の朗読資料を手に持った。新聞の「お悔やみ欄」だ。これがある限り、話題が枯渇することはなかった。毎日、必ずどこかで誰かが死んでいる。

官能小説とお悔やみ欄の朗読に人気があることを、施設長は当然と言っていた。

「週末と祝祭日、夏休みやお盆にデイサービスが満杯になることを考えてみて。ここにやってくる人たちみんな、自分が家族の邪魔になってることを知ってるのよ。自由にならない体で生きてることを恨んで、だけど生きることに貪欲で、そんな心をもてあましたときになにが慰めかっていったら、性欲と死人の話題なの。死んでからの快楽を体験した人はいないし、死人は死を語らない。官能小説も死亡欄も、あの人たちに生きてることをちゃんと実感させてくれるのよ。ここではみんな悲しいくらい正直なの」

だから優しくしてあげて、と施設長は言う。もう先が長くないんだから、と。紗希もそのとおりだと思う。明日か一年後か、いつかわからない死を待つのは本人にとっても家族にとってもつらい。とりわけ親や配偶者の死を「待っている」ことを自覚するのは怖いだろう。そこに在るのは煩わしさからの解放を待つ後ろめたさだ。

紗希は目の前の老人たちに残された時間、自分がしてあげられることはなんだろうかと考える。考えれば考えるほど道は細く狭くなってゆく気がする。

老人たちを見ていると、ふとした瞬間に、幸福な表情で旅立った小木田と春奈のことを思いだした。ふたりが紗希に与えてくれた至福が心を満たせば満たすほど、伊澤のすげない仕打ちがさびしかった。

「では、次は本日のお悔やみ欄の時間です」

盛大な拍手のなか読み上げる。

『蓬田《よもぎた》シズさん　八九　町田市《まちだし》△○　◇日死去　喪主・長男辰夫《たつお》さん（葬儀終了）』

『宇佐見留次郎《うさみとめじろう》さん　一〇五　文京区白山○△　◇日死去　通夜本日午後六時、告別式明日午前一〇時　あおぞら会館　喪主・孫　美哉《みや》さん』

百五歳、という囁きが室内を波立てた。

「喪主が孫ってことは、自分の子供らより長生きしちまったっていうことか」

「ただ寝っ転がってただけじゃないの、機械を着けられちゃったらもうおしまいだから」

「それにしたって、百五はないだろう」

「長すぎるな」

「あおぞら会館って、近所だわ。どんな感じか帰りにちょっと覗いてみましょうかね」

つきあいます、という声がひとつふたつ。すぐに、立ち寄る喫茶店まで決まったようだ。

死亡年齢と、喪主の話題にひといきついた。紗希は室内がざわついているあいだに話題になりそうな欄をより分ける。反応をみながら欄を選ぶにも、最近は話題の流れがわかるようになってきた。

老人たちの会話を聞いていると、彼らの興味の方向がうっすら見えてくる。盛り上がったあとにだらだらと似たような内容が続くのが、なによりいただけないようだ。これも、次に紹介するお悔やみによって盛り上がったりしらけたりを繰り返しているうちに覚えたことだった。

『小松喜多郎《こまつきたろう》さん　六五　小松よう子さん　六五　不慮の事故により○○日死去　ご夫妻を偲《しの》ぶ会　○日　午後二時』

不慮の事故、いいねぇという言葉に数人の賛同者が現れる。

「俺も女房と、一瞬でパッと逝けたらよかった」

「いやだ、お宅はそのあとひとりでずいぶんパッとしたことがあったじゃないの」

言われたほうは、はげ上がった頭頂部まで照れて赤い。みな笑っている。彼の付き添いで毎回車椅子を押している女性は内妻と聞いた。見たところまだ四十代後半というところか。自分に向けられる視線にはもう慣れてしまっているのか、彼女はこんな場面でも静かな笑顔を絶やさない。

次は話題に硬質なものを混ぜようと、大きめの欄を探す。会社がらみになると、また別の話題へと変化してゆくのだ。活字を追っていた紗希の目がある一点で止まった。ゆっくりと大きな声でその欄を読み上げる。

『いざわコーポレーション代表　故伊澤章子儀　六四』

明日、社葬を行うと書かれてあった。喪主と代表者は伊澤亮介。あとは役員の名前が並んでいる。会場はホテルの大広間のようだ。

「新潟か」と誰かが言った。ちょっと遠いわね、という声が被る。

「いいや、新幹線で二時間だろう、すぐ行けるよ」

「駅までが遠いな。腰がもたない」

「なんていったかしら、新潟ってお茶漬けにするとすごくおいしい鮭《さけ》フレークがあるのよ」

「あぁ、知ってる知ってる。なんていうお店だったかしらねぇ」

話題は鮭フレークと佃煮《つくだに》へ流れた。腹が減ってきたな、と誰かが混ぜっ返す。紗希を緩やかに囲む扇状の席は、真ん中あたりで新旧のふたつに割れていて、できた通路の床には施設の職員が紗希と同じエプロンをして座っている。揉めごとが起きた際には、職員が両者の間に入るのだ。今日の昼ご飯はなんだったかと問われて、年嵩《としかさ》の女性が「和食バイキングですよ」と応える。

室内の空気がほどよく和んで、ちょうどよい時間となった。

「みなさま、本日は最後までおつきあいただきまして誠にありがとうございます。朗読は、白川紗希でした」

室内に、入室の際と同じ拍手が起こる。職員が立ち上がった。付き添いのいる者や、足腰のしっかりした老人たちから先に椅子を離れた。窓の外には建物に切り取られた空が景色のさし色となって青みを増していた。

佐野悦郎のマンションは、一階に百円ショップと串揚げ専門店、花屋とコンビニが入っていた。紗希は言われたとおりの道順で、彼の住まいにたどり着く。昨日の空とは打って変わって、今日の空は重たい色をしていた。手渡された地図は二色のペンを使い几帳面に定規をあてて描かれていた。

佐野の部屋は家具も装飾も最小限に見えた。居間にあるのは彼が座るロッキングチェアと、壁に寄せられたカリモクのソファーだ。食事はキッチンの前に造り付けになっているカウンターを使っているらしい。隅にはシュガーポットとティースプーンのセットが置かれていた。佐野は「殺風景でしょう」と言って笑った。必要最小限しか物を持たないのは、死ぬ前にもう一度引っ越すかもしれないからだという。

「どこか海の見えるようなところにある施設がいいと思っているんです」

自分の最期を見据えながら生きる佐野の潔さに、紗希は深くうなずいた。でも、と彼が言った。

「できればそんな場所を探すよりも先に、コロッとあの世に逝きたいですね」

「どうしてですか」

「大昔の俳優がひとり暮らしのマンションで孤独死って、週刊誌のネタとしてどうかなと思って。一頁なくても別に構わないんだけど。一度でも俳優を名乗ったら、死んだことがどのくらい多くの人に伝わるかって、ある種の賭《か》けみたいなところもあるんです。引退はしても、死ぬことでもう一度銀幕に戻ることができる気がして。それって、佐野悦郎にとってはいい結末じゃないかと思うんですよ。静かに死にたいなんて言ってる人は、静かに消えることしかできない悔しさに、保険を掛けながらあきらめてるんでしょう」

彼にとって最後の舞台は、まだ終わっていないのだった。それが一度でも脚光を浴びた者の責任だ、とも言った。

朗読の合間に紗希は、自分もいずれ女優になるつもりで上京したことを打ち明けていた。佐野はきっぱりと「事務所があなたの売り方を間違ったのだ」と言った。胸のすくひとことだったが、この十年を否定したところでなにも得られない。できるだけ前向きにやっていこうと思っていると告げた。

「火に行く彼女」は、掌編小説の中でもことに短い作品だ。自分に別れを告げた女は、夢の中でもやはり一緒には逃げてくれない。そんなことをするくらいならば火に向かってゆくと言う。夢で更に別れの追い打ちをかける彼女について、自分はもうわかっているのだと男は思う。夢にみたことで、彼女の心がもう自分には向けられていないことを、自分はもう認めているのだと気づいてしまう。

伊澤の妻のお悔やみ記事を目にしてから、佐野が好きだというこの小説が妙な光を放ち始めた。伊澤章子という女の死が、紗希の胸の内側でふつふつと細かな泡を生んでいる。最後の一行を読み終えると、佐野はいつものように深くうなずいた。紗希はこの老人に、伊澤とのことを訊ねてみたくなった。

頼まれた短編小説を二本朗読したあと、佐野がお茶の準備を始めた。フォションは彼のこだわりらしく、お茶の棚にいくつも金色の缶が並んでいる。ダージリンとアッサムどちらがいいかと訊ねられ、ダージリンと答えた。

冷蔵庫からシュークリームを取り出した彼は、お盆大のワゴンにお茶のポットとケーキ皿をのせる。ロッキングチェアとソファーのあいだにワゴンを置いて向き合った。

「佐野さん」と話しかけると、一拍おいて「俳優」の目尻に深い皺が刻まれた。

「お訊ねしたいことがあるんです」

「わたしでお答えできることなら、なんでもどうぞ」

紗希は「ダイアモンド」の収入で糊口《ここう》をしのいでいた五年と、あきらめざるを得なかった夢のことを話したあと、もう一度会いたい男がいることを告げた。

「一緒に過ごした時間がぜんぶ夢の中のことみたいになってしまいそうで怖いんです。こんな気持ちになる理由を毎日考えるんですけれど、うまい答えがみつからなくて」

北海道でのことと、小木田や春奈のことは口にしなかった。「お客さんだった人を好きになってしまったということなのかな」と佐野が語尾を上げる。そうだと答えた。

「もう一度会うことが、いいことなのかどうなのか、彼のことを知らないわたしが口を出せる問題じゃないですが」という前置きのあと、彼は言葉を選んでいる様子で数秒黙った。

「後悔するくらいなら、傷つくことを承知で会ってみたらいいんじゃないですか。人には次の出会いもあるのだし、なんでも経験だと思いますよ。口に出すくらいだから、もう心は決まっているでしょうしね。責任のない人に背中を押してもらうことも、ときには大切なんでしょう」

「会いに行ってもいいでしょうか」

佐野に「それを責める人がいるのか」と訊ねられ、首を横に振った。

いない。誰も紗希の行動を責める人間はいない。

小木田はどうだろうか。彼なら真っ先に喜んでくれるのではないか。土の中から、小木田が紗希にエールを送ってくれているような気がした。

紗希さん、行ってごらんよ、後悔しちゃ駄目だ。

小木田の隣で春奈も笑っていた。

「佐野さん、わたし、がんばってみます」

勧められたシュークリームを手に取り、大きく息を吸い込んだ。佐野は満足げな表情でティーカップにお茶を注いだ。

紗希は部屋に戻り、以前より少しだけ広くなった室内を見た。冷蔵庫に貼ったマグネットのホワイトボードには、「すみれ」と個人宅の朗読スケジュールが書き込まれてある。

タレント事務所時代の白川紗希を思いださせるものは、引っ越しの際にすべて処分した。捨てきれないものを探したが、ひとつもなかった。

引っ越しの準備をしているあいだ、何度も小木田と春奈に心で手を合わせた。意識の底ではいつも、吉田プロが紗希を見てくれていた。

目を瞑れば、吉田がさびしそうな表情で紗希に語りかける。

――紗希ちゃん、わたしいちばん苦しいときに死んじゃった。

――お母さんのことも苦しめてしまった。

そして、わずかに微笑みを取り戻し、紗希に希望を託すのだ。

――だから、紗希ちゃんはたくさんのひとを幸せにしてあげて。

――白川紗希には、それができるから。

紗希は吉田のような人たちを助けることが、自分に与えられた生涯ひとつの役どころではないかと思い始めている。この役は誰にも渡せないし、自分にしか演じることができない気がしてくる。心を鎮め瞑想《めいそう》を深めるといつも小木田が壁を叩く音が聞こえた。

こつこつ――。

こつこつ――。

心にあの音が響いている限り、自分にもなにかできそうな気がしてくる。

ふと、佐野だったらどう演じるだろうと思った。表舞台から去ってもまだ演技を続けている老人は、紗希の声が好きだという。鈴みたいに耳に響くと喜んでくれている。パソコンで検索しても、代表作さえ出てこない「俳優」は、そんな現実を知っているのだろうか。週に二度「すみれ」に通っているほかは、ずっとあのロッキングチェアで揺れ続けているような気がした。

紗希はパソコンの検索欄に「いざわコーポレーション」と打ち込んだ。

本社所在地は新潟、設立から三十年。代表者は「伊澤章子」だ。事業内容は飲食店、服飾雑貨、理・美容&トレーニング施設とある。資本金は三千万円、従業員数はパート・アルバイトを含まぬ正社員が三十名。紗希は「いざわコーポレーション」の事業紹介や各店舗の写真や地図を次々に開いた。ホームページは今年の三月から一度も更新されていない。「代表取締役　伊澤章子」の顔写真と挨拶が現れた。

美しい女だった。いつ撮ったものかわからないが、四十代と言われればそのようにも見える。飲食店が主力の会社を興した女社長という豪腕なイメージはなかった。柔らかな印象を与える目元と、すっきりとした鼻筋、均等に持ち上げられた口角も自然だ。

『ごあいさつ』では、こちらに語りかけてくるような文章が綴られている。型にはまらない優しい表現で「いざわコーポレーションを支えてくださるみなさまに感謝しています」とあった。今後も事業拡大と地元文化を守るために力を注ぎたい、という彼女の顔を見つめていると、無性に伊澤のことが気になってしまう。

こんな美しい妻がいたことへの嫉妬は感じなかった。彼女は死に、伊澤は新潟にいる。彼女の葬儀で喪主を務める。妻を失った伊澤が今どんな気持ちでいるかを考える。

心が加速をつけて彼に近づいていった。

11　新潟・亮介

身内での葬儀と社葬を終えた。

亮介と片倉、慎吾が再び会したのは、家庭裁判所の調停室だった。

章子の遺言書によって集められる人間は、その三人。命を失ってなお、彼女の孤独を感じ続けなければならない「遺族」だった。

慎吾をトップにしていた新体制は社長の死後凍結されている。章子の葬儀後、弁護士の片倉は自宅に戻らず、ひとりにもならず、市内のホテルを転々としていた。

「遺言書の検認が終わるまでは、ひと呼吸も安心できませんよ」と片倉は言う。慎吾の報復を怖《おそ》れているのだ。みんなとうに、二通別の場所に保管されていたという遺言書の意図に気づいている。章子は自分の育てた息子が、母親の死後どんな振る舞いをするかを知っていたのだ。彼女は遺言書が息子の手で早々に処分されることを見越していた。更にはかつて関係のあった男がどんなに狡猾《こうかつ》に立ち回るかも、彼女の想像を超えなかった。

亮介はたびたび胸の内に語りかける。

章子さん、子育ての後始末というには、あまりに悲しくはありませんか——。

重たい雲がまだこの街を覆っていたころ、章子はひとつの「夢」を語った。街を牽引《けんいん》してゆく人材を育てることに目を向けた社長は、あの日己の失敗を潔く認めたのだ。そんな心の流れを、自分以外の誰が知るか。亮介は正面の席に着いた慎吾の様子を窺う。ひとり息子は誰とも目を合わそうとせず、右手の爪でひっきりなしに机を打っている。伊澤慎吾をいさめる者はいない。章子の悔いは息子のかたちをもってこの世に残った。誰が母としての彼女を責められるだろう。伊澤章子は、社長であり女である前に、母の責任を取ったのだ。

裁判官と書記官が入室し、「遺言者伊澤章子の検認手続き」が始まった。本人確認を終えたあと、遺言書の封を切ったのは裁判官だった。室内は静かだ。慎吾がちいさく舌打ちをする音まで聞こえる。こんな午後を、誰がいつ想像しただろうかと亮介は思う。裁判官は封筒の紙質から記入筆記具の特定まで、すべてを言葉にした。証拠保全の手続きだと、片倉が亮介に耳打ちをした。

本遺言を——。

裁判官の声が、そこだけ大きく室内に響いた。

みなさん、ありがとう。

いろいろな思いがあるでしょうけれど、わたくしからの最後のお願いです。

伊澤章子の死後「いざわコーポレーション」における代表取締役の持ち株のすべてを夫の伊澤亮介に相続させ、代表者も伊澤亮介とします。

各店舗、社屋については息子の伊澤慎吾に相続させます。

どうぞ今後は伊澤亮介の方針に従ってください。

この遺言書の執行者として、片倉肇弁護士を指定します。


日付は六十三歳の誕生日だった。事故に遭う一年前に書かれた文字は、彼女の性格そのままに、やわらかな墨の線を描いている。実印の朱《あか》さが、妻がさす最後の紅に思えて、亮介はきつく瞼を閉じた。

「以上です。ご質問はございませんか」

誰もなにも言わなかった。やはりこの面々は、遺言書に書かれた内容を知っていたのだろう。なにも知らずに逃げ回り、北海道まで行く羽目になった自分こそが、この地で育たぬ杉だった。声に出さず、章子に語りかけた。

僕に、できますかね章子さん。

茶毘《だび》に付す際、空へ昇ってゆく妻にも同じことを問うたが、応えはなかった。彼女の夢を聞いたのは、曇天の三月だ。ひどく長い旅をしていたように思うのはなぜだろう。章子さん、ともう一度彼女に話しかけた。

僕は育たぬ杉ですよ、それでもいいんですか。

瞑った瞼と脳裏に広がったのは、小木田が眠る林の景色だった。オレンジ色の花をのせた土の湿りとにおいが鼻の奥に蘇る。なんの関係もないふたつの死が、亮介の内側で交差する。

骨揚げのあいだ慎吾や片倉の箸が目の前を行き交った。あの日亮介は「これは自分の骨ではないか」と思いながら、軽くなった章子をいつまでも箸でかき集めていた。

先日の社葬では弔問客が長蛇の列を作った。知った顔、知らぬ顔が亮介にお悔やみを言って通り過ぎた。みな、隣にいる慎吾の顔を気にしながら二度同じことを言った。遺言の内容は、亮介が想像する以上に外部に漏れていたようだ。慎吾もまた、欲に振り回された被害者なのだった。

葬儀の一切を終えて章子が真新しい仏壇に納められたあと、亮介は片倉をあいだに置いて、慎吾に彼女の思い描いた新規事業を告げた。哀しみよりも不機嫌さが表に出てしまう義理の息子を見ても、残念とは思わなくなった。

「章子さんは去年すでに新事業の構想を固めていたんです。慎吾君さえよければ、グループとしてのまとまりは残して、会社をふたつに分ける方法もあると僕は考えています」

「どういうことだ、おっさん」

「飲食店の経営全般、既存の事業はすべて慎吾君にお任せしたいんです。つまり今までの事業の権限はすべて君が持つということです」

「それで、あんたはその、おふくろが語った夢みたいな新規事業を始めるってわけか。あんなくそ田舎で」

亮介はうなずいた。ある程度の反発は覚悟している。旧事業には口出ししないから新規に立ち上げる事業にも口出しをしないでくれと言っているのだ。慎吾は舌打ちを二度して、片倉に向き直った。

「片倉、これはおふくろの企みなのか。それともお前の入れ知恵なのか。どうなんだ」

急に名指しされた片倉は、首を勢いよく横に振った。

「違う。新社長が言ってるのは、高校生のころ君が荒れていた時期に、アキちゃんが話していたことそのままだよ」

片倉が次の言葉を呑み込む気配がした。そういえば、と思った。慎吾が高校生のころ、彼は父親代わりだったのだ。章子と関係があった男を目の前にしたところで、傷つくことはなかった。そういった嫉妬心は、ずいぶんと遠い昔に捨ててきた気がする。いったいいつだったろう。今の慎吾よりももっと若いころ、金で転がり落ちてゆく人間を、働いていたホテルのロビーで嫌というほど見てきた。自分も少なからず時代に揺れた。けれど、現在の心もちを、諦めとも思えない。

「慎吾君、章子さんはいざわの社長であると同時に、君の母親だったんだ」

多少芝居がかって響くことは承知の上だ。安っぽい浪花節、と自分を嗤《わら》う。しかし、章子の遺志は継がねばならない。それが妻とともに死んだ心の一部への、ささやかな弔いだった。

亮介が梅雨明けのつよい日差しを目指して昇りゆく煙に重ね見ていたのは、カムイヒルズに眠る小木田の幸福感だった。空へ向かう章子と土に眠る小木田の、行き着く先が同じだとすれば、亮介が歩み出した道もそこへ続いている。哀しめるのはもっとずっと先なのだろう。今理解できるのはそこまでだった。

旧いざわと新規事業の分離が隅々に行き渡ったのは、章子の死から半年が過ぎてからだった。居場所が変わらないのは顧問弁護士に加えて重役の肩書きがついた片倉だけで、あとの者は章子の旅立ちとともに自らの進退を決めた。

慎吾側に残ったのは飲食部でいちばん大きな店を任されている者ひとり。慎吾からは「アッシュ」を売却した経緯についてなんの説明もなかった。そもそもは独断で店を手放したことが信用を失う結果となったのだが、売り上げ不振の店舗を畳んだのが良かったのか経営自体は身幅に合っていると聞いた。慎吾が反旗をひるがえす様子はないと片倉は言うが、本当のところはわからない。

去年章子とふたりで見上げた空に、今日は雪がちらついている。亮介はいつもどおりコーヒーを淹れ、章子が使っていたマグカップを彼女のスナップ写真の横に置いた。

朝から晩まで、墓守《はかもり》がすべきことはけっこうある。食べるときも寝るときも、章子を思いだすのが日課になった。わかりやすい呼び名のない感情が常に亮介の胸を満たしている。名付けられるころには癒えているだろう。

亮介は旧いざわの従業員に遠慮なく声をかけた。すぐに連絡をしてきたのは、「アッシュ」が人手に渡りほどなくして別の店に移ったケンジだった。

「副社長を待っていたんです」と彼は言った。髪を黒く戻した青年を見たとき、章子が言っていたのはこういうことだったのかと納得した。ケンジは夜の世界でのし上がってゆくには、バネが足りない。本名の澄川研二《すみかわけんじ》になって再び亮介のもとで働きたいという青年を見て、片倉が「適材適所ですか」とつぶやいた。

適材適所か、と思う。亮介は自分がその要件を満たしていないことを承知している。なにもかもが、章子の代役だった。失ってなお、その思いはつよくなっている。あとは章子の夢を叶《かな》えることが、自分の仕事だった。

新潟に店舗を持たない東京の老舗書店に頭を下げ、若手の研修を受け入れてもらった。東京採用の人材については片倉と、章子と高校時代からのつきあいがある元服飾部長があたることになった。

全国にある郊外型書店を視察するだけでひと仕事だった。資金繰りや建設工事、市との連携といったことにも関わっていかねばならない。地元から生まれる初めての複合型文化施設だ。書店、ステーショナリー、映画、食事。勉強すべきことは山のようにあった。それは、十年間あれほど近くにいて気づけなかった伊澤章子の、事業主としての器を改めて識《し》る作業だった。

落ちてくる雪をぼんやり眺めていると、携帯電話が鳴り出した。片倉からだ。

「おはようございます。これからお迎えにあがります。十分ほどでマンションに着くと思いますので、よろしくお願いします」

「わかりました。降りて待ってます」

今日は東京採用のスタッフと食事会をしながらの初顔合わせをする日だった。店舗が出来上がった段階で新潟に住まいを移せること、という条件にはもうひとつの側面がある。実際は、地元に戻りたいが就職先がない人材を募っていた。

ある程度の接客知識と帰郷に向けての意欲があるならば、積極的に受けいれる。広域異動のある大型書店とは一線を画すことに決めていた。スーツを着る機会は増えたが、章子が死んでから新調したものは一着もなかった。上着の上にライナー付きのコートを羽織った。

一階に降りたところで、エントランスにタクシーが横付けされた。開いたドアの中から、片倉が頭を下げる。片倉はタクシーに乗り込んだ亮介に、矢継ぎ早に今日の予定を並べた。

「有楽町《ゆうらくちょう》の書店で研修中の五人と会食をしたあと、営業部長と会うことになっています。五人の評判は悪くないようですね。書類段階でかなり振り落としました。そのあたりはわたしの目を信じていただくしかありませんが」

最近は弁護士の仕事より亮介のサポートを優先させているという。慎吾とのあいだにある溝も、表向きはこの男が調節している。その片倉が東京へ向かう新幹線の中で、言いにくそうに研修生の中にひとりだけ新潟出身ではない者がいることを打ち明けた。

「地元出身が条件だったはずでしょう」

「ええ、そうなんですけれども」

さほど暑くもないのに、額に汗が滲《にじ》んでいる。新潟を出発してから一時間経っていた。もうずいぶんと空の色も変わっている。重い灰色が、進むほどに青みを帯びてゆく。

「彼女がもしも社長のご意向に添わない人材だったときは、わたしも部長も非を認めます。ですが、ぜひ一度会ってみてください。本人も新潟へ行きたいというつよい希望がありますし、なにより彼女をふるいから落とすのは大変もったいない。履歴書段階でずいぶんと振り分けたんです。正直、今日会っていただく五人のなかでは突出して意欲が見えるはずです」

「突出した意欲といっても、それではほかの四人が納得しないんじゃないですか。条件付きの採用ということは、みなが面接段階でわかっているわけですし」

聞けば、採用条件の年齢も二十七歳までとしているにもかかわらず三十歳だという。それではふるい落とされた者が浮かばれないだろう。そんな大切なことを到着まであと一時間足らずになってから告げる片倉に、軽い怒りを覚えて亮介は黙った。

片倉は「会えばわかります」というのみで、自己紹介は現地でさせるからと名簿すら出そうとしない。

年齢制限と出身地の条件から外れ、本来ならば履歴書送付の段階でふるい落とされているはずの研修生だった。今後も片倉の独断が横行するとなると、いろいろと面倒が出てきそうだ。どんな人材だろうと、帰りはひとこと言わねばならないだろう。

五人が待つイタリアンレストランへ着いてやっと、亮介は片倉の言葉の意味に気づいた。会えばわかる――。

女性ふたり男性三人が、個室の壁を背にして立っていた。席は亮介と片倉に向き合うよう配置されている。亮介が入室すると、全員が一斉に頭を下げた。みな社長との会食に緊張した面持《おもも》ちだ。

「じゃあ、自己紹介を」と言った片倉の言葉を合図に、ひとりの女が半歩前に出た。

「本日はありがとうございます。白川紗希と申します。採用していただき、感謝しております。お目にかかることができて光栄です」

そのあとに続く四人の挨拶に、亮介はうなずくのが精いっぱいだった。紗希は今日が初対面の研修生という居場所から眉ひとつぶんも動かない。目配せひとつせず、爪の先まで「初対面」を演じている。

亮介はあまりにも自然な演技に、自分の記憶を疑いそうになった。紗希と自分は実は会ったことがないか、同姓同名で同じ顔の別人ではないか。

ひととおり挨拶が終わったあと、片倉を見る。亮介の動揺を自分の手柄とでも思ったのか、したり顔でうなずいた。目の前に、先手を打って微笑み続ける白川紗希がいた。研修生たちの姉のような存在であるという。

片倉がテーブルを挟んで向かい側に立つ五人に向かって言った。

「それじゃあ、みんな席に着いてください。今日はざっくばらんにいきましょう。東京採用のみなさん、せっかくの機会なので社長に訊ねたいことや実際に研修に入ってみての感想なんかを聞かせてください」

片倉の声が高くなった。彼から東京採用予定者の名簿の提出も事前の相談もなかったことが、すべて白川紗希の差し金だったように思えてくる。

片倉が、章子が亡くなるまで「遺言書」の所持という切り札ですべての方向指示権を握っていたのと同じく、今はこの澄んだ目をした女が亮介の肝を握っている。胸の底からカムイヒルズの景色が立ち上がってくる。

北海道の山林から、亮介を呼ぶ声が聞こえる。

昨年亮介が犯した失敗はふたつあった。ひとつは新潟から逃げたこと。もうひとつは白川紗希と出会ったことだ。いま彼女は、テーブルを挟んだ向こう側にいる。

左端の席に座っていた青年と目が合った。五人のなかで最も年少の二十二歳だという。一年間の就職活動も実を結ばず、大学を出たあとは新潟に戻ろうと思った矢先に募集を目にしたと言った。文学部出身という彼は、ぎこちない仕草でジャガイモの冷製スープを飲んだあと口を開いた。

「採用していただいて、感謝しています。うちの親は伊澤社長のことを平成の山本五十六《やまもといそろく》と申しておりました。あ、良い意味です、もちろん。昨年地元紙に発表された新規事業の記事を読んで、僕が新潟に戻って『いざわコーポレーション』に就職してくれたらと、本気で思っていたそうです」

「きみは、何人兄弟なの」

「五歳年下の妹がひとり、おります」

自分が新潟に戻れば、東京の大学へ進学を希望している妹も安心すると彼は言った。たとえばそれが事業主に向けての世辞あるいは媚だとしても、地元へ戻る新卒者の受け皿として「いざわ」が存在していることを浸透させることができれば、長い目で見ると良いことだろう。

「そうだね。今後新卒Uターンの道が拓《ひら》けるかどうかは、きみのがんばりにかかっているということかもしれないよ。プレッシャーを感じる必要はないけれど、わたしもきみも、ある種の責任はあるね」

片倉が横で大きくうなずいた。目の前の五人も深くうなずく。研修先に頼んでシフト時間を合わせてもらったので、短時間のうちに次々と料理が運ばれてくる。

ランチコースは可もなく不可もないが、若い男の子にとっては少々量が少ないかもしれない。この量で間に合うかと問うた亮介に、今度は右端の女の子が口を開いた。

「充分です。夕方にもしおなかが減っても、今日は白川さんから手作りクッキーをいただいてますから。わたしたち、白川さんの呼びかけで、シフトが合うときはみんなで待ち合わせてご飯を食べに行ったりしているんです。東京組の団結力は固いです」

白川紗希を持ち上げる言葉に嘘はなさそうだった。彼女は紗希への信望を伝えたいがために、会話の軸が逸れていることにも気づかない。紗希が照れたようにうつむく。向けられた水は、ここで亮介が彼女を無視することを許さない。みな、紗希を見たあと確認でもするようにうなずいている。

「そうか、東京組の評判がいいのは、白川さんのお陰もあるんだね」

紗希は「そんな」と言って肩をすくめた。研修を頼んだ書店に五人の評判を聞くのは食事が終わってからなのだが、この場合は方便の範囲内だろう。春奈を抱えて走ってくる紗希の姿を思いだす。遠いできごとが結び目をほどいて目の前に広げられたような居心地の悪さがある。しかし、そんな心もちを覆ってあまりある不思議な安堵感に包まれてもいた。

小木田の遺体を埋めたことは人の道に外れている。しかしこの澄んだ目をみていると、法律より善悪より、もっと高い場所に在るものに許されているような気持ちになる。そうだ、と思う。この女は行動の出発点がそもそも他者の思惑からかけ離れたところにあるのだ。

片倉が横で口を開く。

「白川さん、あなたの特技を話してください」

片倉が亮介の顔を覗き込み「すばらしい特技なんです」と囁いた。さぁ、と促されて紗希が口を開く。

「朗読です」

亮介も、初対面を装い「朗読ですか」と感心してみせた。紗希にいっぱい食わされつつも、片倉を騙《だま》しているせいか、なにやら愉快だ。彼が紗希の採用について「特技」などという言いわけを理由にするのも、この整いすぎるほど整った顔立ちについて触れぬためだろう。五人のうち女性がふたりとなれば、美醜にまつわる発言は控えなければならない。

片倉が「採用が決まるまで、朗読のお仕事をされていたんですよね」と水を向けた。紗希がうなずく。

「いや、僕も実は面接で聞いて驚いたんです。老人介護施設の朗読スタッフとして働きながら、個人でお年寄りの家でも本を読んで生計を立てていたんですよね」

その前に芸能事務所に在籍していたことは、履歴書に書いたのだろうか。「ダイアモンド」のことはどうだろう。もう蓋は開けられたのだから、あとで片倉に五人の履歴書を要求しよう。

澄んだ瞳に亮介を映して、この女はいったいなにを企んでいるのだろう。企みなど、ないのかもしれない。それはそれで怖いことに違いなかった。

片倉が、デザートに運ばれてきた三センチ角のティラミスを一気に口に放り込んだ。相変わらず食事のしかたに品がない。この仕草も、章子がこの男と長続きしなかった理由のひとつではないか。初めて亮介とふたりきりで食事をした際に章子が言った言葉を覚えている。

――食べる姿が美しいって、いいわね。

真正面からそんなことを言われ、柄にもなく照れた。仕事で覚えたマナーが嫌味なく発揮されるまでにかかった時間を思い、それをホストクラブで活かしてくれと言われ、呆然としていたころだ。

「十歳って、どう思う？」と問うた章子に、なにが十歳なのか訊ねた。「年の差」と彼女は答えた。古い人間だから、女が年上ってのはどうかなって――。事故に遭い意識がなくなる日まで、そんなことを気にしていたひとだった。

亮介は、自分がいつ章子を失ったのか、ふたつに割ったティラミスの甘みに問うた。苦みと甘みが、舌の上を交互に通り過ぎる。肉体を失ったのは半年前だが、ふたりで撚《よ》り合わせてきた糸はいつどうなったのか。疎通をなくした段階で章子を失ったと考えると、その後の空虚さにも理由が生まれた。

紗希の瞳がまっすぐに亮介を見た。いきなりのことに、目を逸らす時機を失った。

「社長のお手元、美しいですね」

言ったあと彼女は、慌てて詫びた。片倉が横から「なにが美しいって？」と訊ねた。

「すみません。伊澤社長の、食事をされる姿がとてもきれいだと思って、つい」

「社長は若いころ東京のホテルマンだったんだ。マナーにはうるさいんだよ。君たちも気をつけなくちゃ。いや、東京組は大丈夫かもしれないけど」

「東京」を連発する片倉の力みが鬱陶《うっとう》しい。亮介は話題には加わらず、紅茶を飲んだ。

「今日はとても楽しかった。みなさん、次は新潟の新店舗でお目にかかりましょう」

五人の最後の挨拶は紗希だ。長い手足が書店員のユニフォームからまっすぐに伸びている。水色と紺のユニフォーム、ドレス姿、どれもしっかり着こなすけれど、やはり彼女にはジーンズと白いシャツがいちばん似合っていた気がする。

「お忙しいところありがとうございました。開店に向けてしっかり研修を重ねます。どうかよろしくお願いいたします」

「こちらこそ、よろしく」

職場から与えられた休憩時間が終わる。五人はひとりひとり亮介に頭を下げて退室した。

五人が去ったあと、片倉が興奮気味に言った。

「おわかりいただけたでしょう、社長。会えばわかると言ったのはこういうことですよ。あの子を残した理由は、口で説明するより実際に会っていただいたほうがいいと思ったからです。どの売り場に配属しても、必ず成果をあげるタイプです」

「そうですね、間違ってはいないと思います」

亮介の言葉の意味を全肯定と取ったのか、片倉は両肩を交互に回したあと立ったままカップに残っていた紅茶を飲み干した。

彼らを預けている書店の反応も、おおむね良好だった。やはり白川紗希の評判が圧倒的にいい。彼女の名前が出るたびに片倉の鼻が高くなることに辟易《へきえき》しながら、不思議と悪い気はしない。研修生を預けた書店の評判も、紗希がいちばんだ。

「もしも伊澤さんが手放すと言われたときは、うちがすかさず彼女をスカウトしますね。実際、上司も何とかならないかとうるさいんですよ」

やり手と評判の若き営業部長の言葉に嘘はなさそうだった。

亮介は帰りの新幹線に乗り込んですぐに、五人の履歴書を出すように言った。片倉は往路とは打って変わって、現金なほどあっさりと鞄から書類の入った封筒を取り出した。

いちばん上に、白川紗希の履歴書があった。顔写真はまっすぐこちらを向いている。元タレントという経歴の一切を消した地味な写真だったが、それでも失われない華がある。

――住所、本籍地ともに文京区、小学校から大学まで都内の校名が並んでいる。

大学卒業後はアルバイトをしながら劇団員として活動、賞罰なし――。

ひとつおおきく息を吐いた。窓の外の景色が勢いよく流れてゆき、進むほど青みに灰色が混じってゆく。

東京から戻った翌日、白川紗希に電話をかけた。履歴書にあった番号は、以前と同じもののようだ。

「驚きましたよ」

「ごめんなさい。どうしてももう一度伊澤さんにお目にかかりたくて。気が済みました。クビにされても仕方ないと思っています。申しわけありませんでした」

「いや、そういう電話ではないんです」

ひととき空いた間、去年の夏にみた景色がぐるりと眼裏を巡っていった。自分はまだ蜘蛛の網目にいるらしい。ためらいを含んだ声で彼女が問う。

「わたし、新潟へ行ってもいいんでしょうか」

「今、社員寮を建てているところです。数年ぶりに親と同居してうまくいくケースは稀《まれ》だという意見が多くてね。家庭の不和で辞められるのはかなわないので、うちにできるせめてもの福利厚生です」

今度は紗希が黙った。亮介は長すぎる空白を静かにやりすごしながら、少しずつ薄れてゆく彼女への恐怖を不思議な心もちで眺めていた。

「行ってもいいんですか、新潟に」

「あのあと、履歴書を見ました」

「わたし、嘘を書きました」

「うん、それはいけない」

「ごめんなさい」

「いや、疑い始めると全員の履歴書を調べなきゃならない」

「アッシュ」のケンジも研二に戻って、秋からはCD・DVDのフロアで働くために勉強をしている。毎日映画を三本ずつ観ていると聞いた。

章子はよく、経営側の気働き不足が原因でいい人材を失うのはつらいと嘆いていた。「過去よりも今を大切にしてあげましょうよ」とも言った。

優しいだけではないのだ。彼女の言葉には、いま本気で働かない者は遠慮なく切ってゆく、という意味もある。遺言というかたちで息子を切り離し、章子は自分の子育てと信念にけりをつけた。

「もしも『いざわ』が手放すと知ったら、研修先の営業部があなたを放っておきませんよ」

電話の向こうに安心した気配はなかった。逆に緊迫した声が亮介の耳に滑り込んでくる。

「すみません、ときどきお電話をしてもいいですか。週に一度、月に一度でもいいんです。ご迷惑はかけません。嫌ならおっしゃってください」

こんな場面では、杉も自分も育ちようがないのかもしれない。紗希の問いに、亮介は応えなかった。

それから半年間、週に一度ずつ紗希からの電話が入った。決まって、日曜の夜九時だった。紗希は亮介が電話に出ないとき二度目をかけてこなかった。紗希は亮介が電話に出なかったからといって、次の週に恨み言を吐くことはない。亮介が折り返し電話をすることはなかった。しかし電話を取らなければこちらのほうがすっきりしない一週間を送る羽目になると気づいてからは、その時刻にはひとりでいるようになった。「日曜の夜だけでもゆっくりしたい」という理由を、片倉も疑っていないようだ。

週に一度の会話は、長くて五分ほどだった。話題は東京組が集まって焼き鳥屋に行ったことや、最近はパン作りに凝っていること、ヨーグルトを手作りするようになったこと——。ただの近況報告ばかりだ。亮介に一切の質問をしないことに、紗希の強靭な精神力を見た。週に一度の電話を許すのは彼女への好意か、と己に問うてみれば、違うという答えが返ってくる。ではなんだと更に問えば、憐れみという言葉が脳裏を過ぎり、亮介を慌てさせた。突き詰めてはいけない感情が、あるのかもしれないと思う。

カムイヒルズでのことは、お互い一切触れなかった。

ほとんど相づちしか打たなかった半年間、紗希の位置は一ミリも変わらないように思えた。亮介も己の内側に不思議な居場所を見つけている。お互いが見える範囲におり、亮介が彼女の巣に引っかかっていることで距離が保たれ、土に埋めたものが掘り返される恐怖から逃れられるような気がする。そしてその傍らで小木田が、紗希の言うように幸せのうちに旅立ったと思えてくるのだ。この感覚は何かに似ている。幾度も思いだしかけて喉元で止まることを繰り返し、半年かかってやっと言葉になった。

亮介は章子にも紗希にも、自分には真似のできない「つよさ」を見ていた。まったくかたちは異なるが、ふたりとも亮介を甘やかな糸で包んで放さない。そこまでたどり着いた亮介に訪れたのは、カムイヒルズで小木田の感じ得た喜びだった。今なら小木田が最後にたどり着いた「春奈」という終点が、どれだけ輝いていたかを想像することができる。

白川紗希と一定の距離を保ち、彼女に触れもせずにいることが、カムイヒルズで起こったことを幻想へと変えていた。これから先も、紗希に触れることはないだろうと亮介は思った。けれど、紗希は変わらず亮介のために新しい糸を吐き続ける。

紗希と話しているとどういうわけか、自分が章子とともに半分死んでいる実感があるのだった。ふつりと切れた糸の先を掴んだらもう半分も死ねることを、言葉ではなく意識のどこかでわかっている。これが幸福かどうかは識《し》らない。しかし幸福感となら、呼んでもよさそうだ。

夕刻、片倉から東京組の五人が無事社員寮に入ったという報せがあった。店舗はもう商品を入れるばかりになっており、配属部署の発表をするのは二日後だ。

ふたりとも、手を伸ばせばお互いが届く場所にいる。このままいけば、カムイヒルズの秘密は永遠に守られる。亮介は紗希が張りめぐらした巣に体を預けている。ふかふかとした安心と飛び立てない苦しさ。双方が引っ張り合いながら巣の安定を保っている。亮介は思い切って着信履歴画面を開き、紗希を呼んだ。

「無事に新潟入りしたと聞きました。おつかれさまでしたね」

「ありがとうございます。東京よりも少し涼しいです」

「新潟は初めてだと言っていたでしょう。あちこち観て歩くのも楽しいと思いますよ」

ありきたりな言葉しか出てこなかった。紗希は亮介からの電話をひとしきり喜んだあと、ぽつりと言った。

「もう会えないかと思っていました」

彼女の巣穴が、迷路へと姿を変えた。なにも言えなくなった。新たな糸に搦め捕られている。空港で彼女を撒いたことへの罪悪感だろうか。亮介は右の手のひらを見た。あの日、肉刺だらけで血が滲《にじ》んでいた部分にはもうなにも残っていない。小木田ももう、土の中でかたちを失っているころか。小木田が腐っても、春奈はあの日のままなのだろう。小木田の愛情は、どこへ流れ着いただろう。

「伊澤さんに、ご迷惑がかかるようなことはしません」

自分にとってなにが迷惑なのかを問い直す前に、紗希に訊ねた。

「今日もみんなで晩ご飯を食べたんですか」

「いえ、業者さんが入る時間帯がばらばらだったので。たぶんみなさん今はご実家に帰ってらっしゃると思います。これから近所を散策がてら、なにか食べてきます。まだ台所用品を出していないので」

時計のデジタル表示を見る。二十時。亮介はソファーに腰を下ろした。ふと呼吸が楽になった。

「じゃあ、なにか食べましょう。三十分後に寮から表通りに出たところにある洋菓子店の前に出ていてくれませんか。黒っぽいメタリックのセダンです」

「いいんでしょうか」と、紗希が問うた。ええ、と返す。

「東京組を上手にまとめてくれたお礼だと思ってくれれば。お店が稼働し始めたら、お誘いできませんし。別段面倒なお店じゃないので、普段着でどうぞ」

配置を発表して開店準備に入ると、ふたりきりで食事をすることにどんな言いわけも通用しない。思いながら、言いわけをしている先は自分自身なのだと気づいている。

夜になると、一切知人に会わない店を探すほうが大変だが、一軒だけ心当たりがあった。

三十分後、亮介は洋菓子店の前で紗希を助手席に乗せた。新千歳空港で別れてから、一年数か月が経っていた。あのときも今夜も、白いシャツとジーンズ姿だ。

車内にほのかな柑橘系《かんきつけい》の香りが漂い始めた。「あの」と、信号待ちで紗希が運転席を窺っている。

「なにか忘れ物ですか」

「いえ、普段着と言われたのでついこんな服装で来てしまいましたが、構わなかったでしょうか」

「充分ですよ」

鈴が転がるような笑い声を聞いた。信号が青になる。亮介は慌ててアクセルを踏みながら、行き先は一膳飯屋だと告げた。

「おじやとおにぎりと味噌汁の旨い店があるんです。酒蔵の片隅でやってる、ちいさな店です。もう何年も行ってなかったから、まだやっているかどうか不安なんですけれど」

「お野菜もあるかしら」

「野菜は、おひたしとか浅漬けとかじゃなかったかな」

「楽しみです、ありがとうございます」

「新潟の印象はどうですか」

「やっぱりお米がおいしいんでしょうね」

車内に沈黙がなくなった。紗希は新潟駅のことや手作りパンのこと、東京組の結束が固いことを語り続けた。相づちを打ちながら亮介は、紗希の内側で自分はいったい何者なのだろうと思う。中心からずれた会話が、バックミラーに映る景色と同じ速度で流れていった。

複合大型書店「ＩＺＡＷＡ」と描かれた街道沿いの看板をやりすごす。内部には煌々と明かりがついており、内装工事は大詰めを迎えている。

新店舗から更に十分ほど南へ走った。

海と山に挟まれた酒蔵の、木造の店内に入った途端、時間が急激に過去へと遡《さかのぼ》った。

ホテル火災のあと新潟に戻り、やり直しがきくかどうか不安なまま立ち寄ったのが「めしや」だった。まだ、腹を満たせば自分にもなにかできるかもしれないと思っていた若いころだ。

「めしや」は酒蔵の次男坊が、自分で作った米だけを使って商いをしている。三坪のちいさな店だ。ここだけは、章子とも来たことがない。市の中心部から車で三十分もかかり、背後が酒蔵だというのに酒が多く出るような場所でもない。このあたりでは、近年人気のカーブドッチワイナリーのほうが注目を集めていた。「めしや」は大きな看板を掲げず広告を出すこともなく、十年以上店構えと品数を変えずに商売をしている。

「いらっしゃい」

初めて来たころからみると白髪が倍になった店主が、亮介の顔を見てにっこりと笑った。

カウンターだけの店内には、端の席に亮介より少し若いくらいの男がふたり座っている。彼らから離れた逆の端に腰を下ろす。

紗希がカウンターの上の「お品書き」を手に取った。

「鮭おにぎりと、野菜たっぷりお味噌汁と、オクラと大根の浅漬けをお願いします」

店主が紗希の注文を聞いて「はいよ」と返す。亮介は雑炊と白菜の漬け物を注文した。店内には、三味線アレンジのビートルズナンバーが流れている。注文を取ったあと、店主がわずかに音量を上げた。離れた席の会話が聞こえない、絶妙の音量だ。

「お誘いありがとうございます。今日、本当は少し心細かったんです」

「当然ですよ」

「いろいろ、申しわけありませんでした」

紗希から受け続けている、底が抜けたような明るさや言葉の湿度や澄んだ瞳がおそろしいと同時に、たとえようのない愛《かな》しさも胸を満たしている。紗希といると、ひとりの人間の死を、肯定できそうな気がしてくる。死はどれほどのものかという問いに、答えが見つけられそうな気がしてくる。章子の喪失にも、小木田の行き先にも、正当な理由があったように思えてくる。

この感情を愛《かな》しみと表現することに、なにか間違いはあるだろうか。愛ではない。同じ字を充てながら、それは決して愛ではなかった。

章子に抱いた感情も同じだったろう。

――なにがいけないのだ。

――つよく生きざるを得なかった女に欲され、応えた。

――精いっぱい応えようとした自分の、なにがいけなかったのか。

にぎりめしと雑炊が出てくるまでのあいだ、去年の春からの出来事を掘りだしては腹の底に落とした。ビートルズナンバーが通り過ぎてゆく。今のところ、曲名がわからないものはなさそうだ。

「どうですか、書店の仕事は楽しいですか」

紗希が嬉しそうにうなずいた。にぎりめしを持つ指先が荒れている。亮介の視線を追い、紗希が恥ずかしそうに手のひらを広げた。

「日中、ハンドクリームを使えないので。本って表紙に油が付いたら売り物にならないと教わりました」

やはりこの感情は「愛《かな》しみ」だろう。

かなしみの、ずっと向こうにあるもの。選ばれた者にしか開かれない扉だ。

「きっと、あなたにしかできない仕事がありますよ。僕は、そう思う」

亮介は紗希に向かって、精いっぱいの誠意と愛しさを込めて伝えた――。

12 新潟・紗希

紗希はすすめられた椅子に座った。机の正面にダークグレーのスーツを着た男が座っている。男の後ろには窓があった。窓から見えるのは晴れた空だけだ。机を挟み紗希を横から見ているのは若い女、背後には刑務官が座った。

やっと桜が咲いたというニュースを聞いたあと、紗希の部屋に警察手帳を持った男たちがやってきた。

伊澤亮介殺害容疑――。

「ご同行願えませんか」と背の高いほうが言った。火や水回りの点検をする紗希を、男たちが見ていた。

二次発酵を終えて成形したロールパンが冷凍室に入ったままだった。警察署にいたときからずっと、ヨーグルト菌が気になってしかたない。隣の部屋に住む同僚に分けてあげる約束をしたきり、まだ届けていなかった。

あの日以来、質問ばかりされていた。パイプ椅子の座り心地はどこもあまり良くなかった。同じことを何度も訊ねられていると、思考が麻痺してしまうようだ。視界に入るものすべてに名前があったはずなのに、そのひとつひとつをすぐに思いだすことができなかった。

早く部屋に戻って、パンを焼かなくては。そのために買った二段式のオーブンレンジを思い浮かべる。手動式ミルに挽《ひ》きかけのコーヒー豆が入っていた。どうしたらいいんだろう。もう、三日も部屋に戻っていない。風を通さなくては。

今日発売のファッション雑誌は無事棚に並んだろうか。紗希の穴埋めは誰がしているだろう。そろそろ取次の営業社員がやってくる。今、自分の手元には手帳も予定表もない。

紗希は広々とした机の向こう側に座る男の顔を見た。このひとが選びそうな本を想像する。歴史小説だろうか、それともパソコンやモバイルの専門書、あるいは哲学書。どれも似合いそうだが、こんな気配のひとがアイドル雑誌やヌード写真集を何冊も手にしてレジへ急ぐこともあるから、見かけでは判断できない。

男の机には「検事　金澤敏広《かなざわとしひろ》」と書かれた札が置かれていた。あとはノートパソコンと、書類の束、電話。

「今回の事件を担当することになりました検察官の金澤です。具体的なお話に入る前に、あなたの名前と年齢、住所と職業を教えてください」

「白川紗希、三十一歳、住所は新潟市○△町○番地、書店員です」

両腕に手錠が掛けられるのも、腰紐を打たれるのも、本物の検察官を見たのも初めてだった。自分がどうしてここにいるのかよりも、視界に入ってくるものの新鮮さに意識が傾いている。訊ねられたことには真摯《しんし》に答えていたつもりだが、みな不満そうだったのはなぜだろう。検事が「履歴書――」とつぶやいて、言葉を切った。数秒後、彼が顔を覗き込んだので、紗希は慌てて顔を上げた。

「いざわコーポレーションに提出された履歴書は、ほとんどが嘘でしたね」

「はい、すみません」

「被害者の伊澤さんとあなたは、銀座のキャバレー『ダイアモンド』で面識があった。彼が北海道でマンション販売の営業をしていたとき、あなたは一度そこを訪ねています。伊澤さんが一身上の都合を理由に東都リバブルを辞めて新潟に戻ってから、連絡は取り合っていません。これは、伊澤さんが新潟に戻った直後携帯電話を替えたせいです。そこは間違いないですね」

「はい、間違いありません」

「伊澤さんは、なぜ電話番号を替えて、あなたと連絡を絶ったのでしょうか」

「わかりません」

検事が首を傾げた。紗希も同じ角度で首を傾けてみた。彼ははっとした顔で、顔をまっすぐに戻した。紗希も戻す。

「伊澤さんと連絡を取ることができなくなってから数か月後、あなたは彼の奥さんが亡くなったことを知りました。この事実に『すみれデイケアセンター』でしていたお悔やみ欄の朗読で気づいたということも、把握しています。あなたは、伊澤さんを追いかけて新潟に来る方法を考えた。機を窺っているうちに、いざわコーポレーションは新規事業に向けて社員を募集し始めました。そして、嘘の履歴書を書いて応募した。新潟出身者という条件を外してもなお採用される方向へ持ってゆくために、正直さを装いひたむきさを演出した。新潟に親類縁者のないことまでは偽れないと判断したからですね」

うなずく。人の目に映ったものだけを抜き出し、この人はなんてきれいに繋げて朗読するのだろう。紗希の興味は自分の情報を提示する彼の声に引きずられた。彼が話すと、すべてが本当のことのように響いた。

朗読はこんなふうによどみなく、感情を音や抑揚で表現しないほうがいいのかもしれない。たんたんと、黙々と、静かに読む。読んでいるあいだは、声も思考も唇さえも、透明なフィルターになる。そうだ、やっといい方法を見つけた――。透明なフィルターだ。

「あなたは否定されているが、この調書からは伊澤さんに履歴書の嘘を指摘されてから男女の仲になったというふうに読めるんですよ。死者への冒瀆《ぼうとく》とは思いません。まっとうな推測だと信じてます」

「何度も申し上げたとおり、そういう関係はありませんでした」

「そこがわからないんですよ。僕らのありきたりな思考回路では、なぜ彼となんの関係もないまま電話で話したり会っていたのかが不思議なんです。それも社長と新入社員です。なんでも男女関係に結びつけてしまうのは、こちらの心根が俗なせいだと感じてはいますが」

「関係は、ありませんでした」

静かなため息が机の上に積もり始めている。

「現場は、港の近くにある、夜景と海の景色がいいところでした。夏場は人気のデートスポットだと聞きました。そんな場所で夜中に海を見ているふたりに、恋愛感情なり特別な関係がなかったというのが解せないんです。調書では、新潟にやってきてからあなたは、被害者と二度食事をしていることになっている。そのふたりが二度目に行った場所が、夜景の見える海ですよ。正直申し上げて、上がってきた調書にはまったく説得力がないんです」

意地悪な瞳だ。何度言えばいいのだろう。亮介と自分に、男女の関係はなかった。だからこそ、もっともっと彼を幸福にしてあげたかった。そんな関係に陥ってしまっては、あの幸福な時間を昇華できないではないか。

「あなたは練炭と七輪、睡眠薬まで持って部屋を出ています。そして、昨年から二度目に訪れた『めしや』で、鮭おにぎりと漬け物、味噌汁を注文する。彼も昨年夏と同じものを食べています。でも、あなたは帰りに立ち寄った場所で、彼を一酸化炭素中毒で死亡させる。伊澤社長は奥さんを亡くされてから、ときどき周囲に不眠を訴えていました。それはあなたも知っていたんじゃないですか。あなたの通院歴は寮の近くの内科医院一軒で、不眠を理由に睡眠導入剤を処方されています。七輪と練炭は犯行日の半月前に購入している。犯行自体は計画的なのに行動がすべてずさんなんだ。僕はその理由が知りたい。あなたの口から直接聞きたいんです」

紗希は検察官の肩の向こうに広がる空を見た。亮介とふたりで過ごした時間が、胸の底からちいさな泡になって立ち上がってくる。ゆっくりゆっくり、ひと粒ひと粒が、金色に光っている。

妻の遺志を継ぐことが生きる糧《かて》となってしまった亮介を、そっと見守っていたかった。物陰からひっそりとひとの幸福を願うことが自分に与えられた役だった。苦しみから脱出できず追い詰められてゆく人間を見るのはつらい。夢を絶たれて必死にもがく人間を見るのはもっとつらい。

紗希はカムイヒルズで小木田と春奈に出会ってから「ひとはささやかな幸福の中でこそいちばん良い死を迎えられる」と信じるようになった。

母親から父との離婚を報せる電話が入ったときも、他人事《ひとごと》にしか聞こえなかった。新潟へ行くことにした、という紗希に母は興味を示さなかった。同時に、不幸なふりをしている母に紗希自身が興味を持てなかった。母はこの先もきっと自分にふりかかる不幸を自慢しながら、図々しく男に寄りかかり生きていくのだろうと思った。同時に相手を違えた父も同じだ。

ふたりとも、紗希を必要としていない。

吉田プロのさびしさを思うとき、紗希の胸は裂けそうになる。もう誰も、さびしい思いのまま死んでほしくない。ささやかな幸福感の中でしか、人は夢をみられない。そんなにつよい人間は、いない。紗希もまた、誰かの幸福を少しでも引き延ばすことで、幸福感を持続させてきた。必要とされたら、どこまでもその人のために尽くそう――。

自分にはすべきことが山のように残されている。新潟にやってきた日に亮介が言ってくれた言葉が、よりつよく紗希の心を勇気づけた。

きっと、あなたにしかできない仕事がありますよ――。

ひとは言葉に殺され、言葉に生かされているのだ。

七輪と練炭を買う前に電話で交わした言葉を、ひとつひとつ胸の奥から持ち上げた。

「紗希さんの朗読を楽しみにしているお客さんが増えたと聞きました。ありがとう」

電話はいつも紗希のほうからだった。最後の電話で亮介は、絵本と文芸書の売り場で紗希が担当することになった「読み聞かせ会」のことをずいぶん喜んでくれた。

「正直、妻の遺志を継ぐなんていうのは、この先に待っている虚《むな》しい毎日からの逃げでした。上手くいくなんて、想定外だった。気持ちのどこかで、失敗して一文無しになることを望んでいたかもしれない」

電話で亮介は「ここは男と杉が育たない土地でね」と言って笑った。

「男には破滅願望というのがあるんですよ。酔いたいんだ、自分に」

そんなことを言う亮介に、自分が生まれた土地はミニトマトもネギも育たないところだと告げた。

「ずいぶん寒い土地なんだな。北海道の東部でしたか」

「はい、住んでいるあいだは寒いとは思いませんでしたけど」

「そうなんですよ、ひとは環境に慣れてしまう。良くも悪くもです。僕も、章子さんのいない生活に慣れ始めている。大きな声では言えないけれど。新聞や雑誌の取材で必ず言わなきゃいけないのが『妻の遺志と地元人としての使命感』のふたつなんです。時間は人を前に進ませる代わりに、忘れたいことを思いださせもする。最近、ちょっと息苦しいのも確かです」

「息苦しいんですか」

「定形があったほうが、いろいろなことが容易に前へ進むことも事実です」

でも、と亮介が続けた。

「あなたと話していると、少し楽になるんだな。最近は、そういう心もちを否定しないでみようと思うようになりました」

「どういう意味でしょう」と訊ねた紗希に彼が言った。

「いいんですよ、わからないくらいで」

「それじゃあ、すっきりしません」

数秒時間が止まり、再び動き出したとき、紗希は亮介のひとことを聞いた。

「ささやかな幸福、ということですよ。たぶん」

広々とした草原に出たような解放感が心を満たした。亮介の感じているものが、自分の気持ちとして胸奥で息づき始めた。亮介にこのひとことを言わせたことを、誰より吉田プロに褒めてもらっている気がして嬉しかった。

——幸福って、おっしゃっていましたよね。

亮介の幸福を閉じ込めて永遠にすることを決めて、紗希は最後の日、もう一度だけ会ってくれと頼んだのだった——。


「検事さん、新潟の桜ってどのくらいのあいだ咲いているんでしょうか」

三方から紗希を囲んでいた気配が動く。彼は机を隔てて座っている事務官に訊ねた。

「僕は去年の夏に赴任してきたんで、こっちの桜のことはよく知らないんですが。どうなんですか」

そうですねぇ、という声のほうを見る。事務官は肌の手入れを怠っているのか、二十代後半に見えるのに頬に吹き出物が目立つ。ファンデーションはやめたほうがいいのに。大切なのは食物繊維と乳酸菌、睡眠ですよと言いたいのをこらえ、彼女の言葉を待った。

「長くて一週間ってところでしょうか。風が強い年はもっと早いだろうし、雨なんか降ってしまうとまた違うと思います。山間部のほうのことはよくわかりません」

彼女はそう言うと、紗希の視線を避けるように下を向いた。吹き出物を見ていたことに気づかれてしまったようだ。

「桜がどうかしましたか」検察官が紗希に視線を合わせた。

「わたしも、新潟の桜は初めてなので、気になっただけです」

運転席で眠気を我慢する亮介の、最後に言った言葉が耳の奥に残っている。

紗希さん、そろそろ桜が咲きますね——。

あのとき、ろれつのあやしくなった彼の唇が「いっしょに」と動いた気がした。

「桜が気になりますか」

「いいえ、特別」

検事は、つと窓の外を振り返り「五分咲きってところですか」と言ったあと、ところで、と切り出した。事務官の顔が上がる。室内の気配が急に張り詰める。

「一年半ほど前東京で、デイケアセンターに通っていた老人がふたり、練炭自殺をしたのを覚えていますか」

「いいえ」と答えた。

警察で何度も同じやりとりをした。同じ問答がまた始まるのだ。背筋を伸ばす。

それにしても、と思う。彼女の吹き出物が気になる。何気なく向けた視線の先で、事務官が一瞬怯《おび》えた目をした。

「ひとりは元俳優の佐野悦郎こと田中留夫。これは週刊誌でもちょっとした話題になりました。元俳優の孤独な死、それも自殺ということでね。そのあと、同じデイケアサービスに通っていた山本という老人が同じ方法で死んでいます」

眼鏡の奥に、鋭く光る眼差しがある。目の前の男は、つい先ほどまで話題にしていた亮介のことなど忘れてしまったように見えた。

「山本老人が『すみれデイケアセンター』に来なくなったのは、佐野悦郎こと、田中留夫の取った自殺方法について、ずいぶんと楽に死ねるらしいという噂が囁かれるようになったころのことでした」

彼は、最初からこの話をしたかったのだ。検察官の態度に、まっすぐだった紗希の心がわずかに萎《な》えた。

「でもね、不思議なことが判明したんですよ」

検事の頭の位置が下がる。机に両手を置いて、身を乗り出している。

「元俳優と山本老人のところに、同時に出入りしていた人間がいたんです。それが血縁者でも近所の人間でも、御用聞きでもなく、双方と個人的に朗読のアルバイト契約をしていた女性なんですよ。山本氏の遺体の発見が大変遅れて、死亡日時が特定できなかったことで捜査が頓挫してしまった。彼はあまり周囲に好かれるタイプの老人ではなかった。ひどいにおいに気づいた近隣の住人が警察に連絡したとき、遺体はバスタブの中でほぼ骨になっていました。そのころあなたはもう朗読サービスをやめて、職場を有楽町の書店に移し、新潟にやってくる直前だった」

「どういうことでしょうか」

「警察でもずっと否認していたそうですが、指紋の照会も済んでいます。こちらも大変お粗末な犯行でした。最初にあなたの名前が出なかったのは、初動捜査のミスでしょう。落ちぶれた元俳優の自殺という設定に、完全に騙されてしまったんだ」

「お気の毒です」

「どちらも自宅の風呂場に目張りをしての、一酸化炭素中毒です。遺書もあるし、自殺と断定されました。自殺者の身長がそこには届かないことや、踏み台もなかったことに、どうして捜査官は気づかなかったんだろう。ふたりの死には介助者がいたんです。捜査で上がってこなかった人間の殺害動機より、そこに気づかなかった捜査陣の盲目ぶりのほうがおかしいと思いませんか」

「わかりません」

検事の視線がよりつよく紗希を捉えている。彼がなにを知りたいのか、紗希はそれが知りたい。亮介の話はどうなったのだろう。まだなにひとつ、彼の幸福について話していない。

伊澤の心に閉じ込めた幸せが、どんなものだったかを伝えていない。

「僕の取り調べは、そんなに退屈ですか」

はっとして窓の外から視線を戻した。

「いいえ、すみません」耳に響く自分の声には抑揚がなかった。

「仮に東京の件を殺人事件としましょう。むこうの二件と新潟の伊澤亮介殺害には、七輪と練炭と睡眠導入剤という共通点がある。どの人物とも関わっていたのはあなたひとり。通常こうした場合、裏が取れ次第、追起訴となります。否認を続けても、証拠は挙がってくる」

眠気が差すほどの間をあけて、彼が言った。

「すべて話してください、白川さん」

なにから、どこから話せば伝わるだろう。精いっぱい考えながらも、冷蔵庫の中と空気の入れ換えをしていない部屋のことが気になっている。散らばる意識を懸命に束ねた。

佐野悦郎も山本老人も、最後の言葉は「ありがとう」だった。彼らがしつこいほどに紗希に言い含めたのは「このことは口外しないこと」だ。自分はそれを守っている。かたい約束なのだ。みんなが幸福でいるための——。幸福なままでい続けるための。

「わたし、もう寮には戻れないんでしょうか」

「おそらく」と検事が言った。ちいさくうなずく。だから、と彼が続ける。

「話してしまいましょうよ」

頬が上がっている。笑っているように見える。宗教勧誘みたいだ、と紗希は思う。「話しましょう」と「祈りましょう」が胸の底で重なった。

「なにをお話しすれば、いいんでしょうか」

「すべてです。伊澤亮介さん、佐野悦郎こと田中留夫さん、山本勘助《かんすけ》さん、彼らとあなたの関係。僕はけっこう粘り強いほうなんです。つきあいますよ。安心してください」

深い茶色の瞳だった。紗希はこの男に、なにもかもを問うてみたくなった。窓の向こうの空が、先ほどより青みを帯びている。言え、吐いてしまえという言葉を使わない、このひとならば白川紗希の歩く道を問うてもいいような気がしてくる。視線を窓の外に投げたまま、訊ねた。

「なにからお話しすれば、いいですか」

澱《よど》んでいた部屋の空気が紗希の体を一周し、出口を求めて流れてゆく。

「伊澤亮介さんと初めて会った日のことから、教えてください」

空が青かった。カムイヒルズの建物から出たときも、こんな色の空を見た。

「わかりました。その前に、聞いていただきたいお話があります」

室内の気配が一瞬締まった。検察官が姿勢を正す。

「うかがいましょう」

紗希は物語を読むように静かに語り始めた。

山の上の楽園《パラディーゾ》というマンションに、小木田さんという男性と、春奈さんという女の子がいました。このお話は、ふたりが幸せになろうと決めた日から始まっています——。

小木田と春奈のことを話し終え、伊澤への愛を口にするころ、すでに太陽は西に傾いていた。紗希が一礼するまで、誰も動かなかった。

「伊澤さんのこと、とても大切に思っています」

語り終えたとき、検事の首が心もち前へと倒れた。彼は肩を二度上下させたあと、首をぐるりと回した。

「白川さん」

紗希は彼の言葉を待った。話していた時間よりはるかに長く思える沈黙を経て、彼が言った。

「僕たち法律家は、それを愛とは呼ばないんです」

刑務官に頼み、手洗いに立った。手錠を外してもらい個室に入る。用を足すと、すべてのできごとが自分の体を通過してゆく水のように思えてきた。

それを愛とは呼ばない。

ではいったいなんだろう。

愛ではないなら、なんだろう。

すべて話した。感情を排して、文字のない絵本を読み続けた。紗希自身がどう思ったかは不要だ。自分は物語の透明なフィルターなのだから。

全身から力が抜けてゆく。また新たな物語を探さなくては。

でも——、今は少し眠りたい。ひどく疲れていた。今まで感じたことのない疲れが、立ち上がることも億劫なほど四肢に広がってゆく。紗希は目を閉じた。手足に残る感覚と意識が分離してしまいそうだ。どうしてこんなに疲れているのだろう。やはり不規則な生活はいけない。早くもとの生活に戻らなければ。生活習慣を守ることのできる場所に帰らなければ。

眼裏に広がる景色に、木漏れ日が降り注いでいた。

ここはどこだろう。

一面、オレンジ色の花が咲き乱れている。道なき森に、オレンジ色の絨毯《じゅうたん》が敷かれている。

伊澤が教えてくれた、カンゾウの花——。

小木田と春奈が眠る場所に紗希が置いたのは、エゾカンゾウだった。もう、むき出しの土も亮介が置き忘れたショベルも見当たらない。オレンジ色の花が過去を覆って咲き乱れている。

だいじょうぶよ。

紗希は花々に向かって叫んだ。
だいじょうぶよ。
吉田プロの声が木々の梢にこだまして自分の声と重なりあい、耳へと戻ってくる。
だいじょうぶよ、紗希さん。
紗希は耳を澄まし、木漏れ日の向こうに目を凝らす。
お願い、わたしの疑問に答えてください。
小木田さん、春奈さん、吉田プロ――。
花の下に埋もれているものは、なんですか。それは愛ではないのでしょうか。
それを愛と呼んではいけないのでしょうか。
教えてください。
愛と呼んでは、いけませんか――。

本作は左記の新聞に連載されたものに加筆・修正しました。

日刊ゲンダイ
釧路新聞
静岡新聞
愛媛新聞
秋北新聞
陸奥新報
佐賀新聞
南日本新聞
長崎新聞
紀伊民報
沖縄タイムス
福島民友
上毛新聞
日本海新聞
十勝毎日新聞
大阪日日新聞
岩手日日新聞

桜木紫乃 さくらぎしの
一九六五年北海道生まれ。二〇〇二年「雪虫」で第八二回オール讀物新人賞受賞。〇七年、同作を収めた『氷平線』（文藝春秋）でデビュー。一二年『ラブレス』（新潮社）で第一回「突然愛を伝えたくなる本」大賞、一三年に第一九回島清恋愛文学賞を受賞。さらに同年『ホテルローヤル』（集英社）で第一四九回直木賞を受賞。近著に『星々たち』（実業之日本社）、『ブルース』（文藝春秋）などがある。

それを愛とは呼ばず
二〇一五年三月一〇日 第一刷発行

著者 桜木紫乃
発行者 見城徹
発行所 株式会社 幻冬舎
〒一五一-〇〇五一 東京都渋谷区千駄ヶ谷四-九-七
電話 〇三（五四一一）六二一一（編集）
〇三（五四一一）六二二二（営業）
振替〇〇一二〇-八-七六七六四三
印刷・製本所 中央精版印刷株式会社

検印廃止

ISBN978-4-344-02733-6 C0093
幻冬舎ホームページアドレス http://www.gentosha.co.jp/
この本に関するご意見・ご感想をメールでお寄せいただく場合は、comment@gentosha.co.jpまで。